기자 노빈손의
달려라 달려! 취재 25시

초판 1쇄 펴냄 2021년 6월 21일

글 박형민
일러스트 이우일

펴낸이 고영은 박미숙
편집이사 인영아 | 편집 장영선 윤설희
디자인 이기희 유승희 | 마케팅 오상욱 선민영 | 경영지원 김은주
외주디자인 디자인잔

펴낸곳 뜨인돌출판(주) | 출판등록 1994.10.11.(제406-251002011000185호)
주소 10881 경기도 파주시 회동길 337-9
홈페이지 www.ddstone.com | 블로그 blog.naver.com/ddstone1994
노빈손 www.nobinson.com | 인스타그램 @ddstone_books
대표전화 02-337-5252 | 팩스 031-947-5868

ISBN 978-89-5807-837-1 03810

기자 노빈손의
달려라 달려!
취재 25시

박형민 글
이우일 일러스트

뜨인돌

책을 내며

여러분, 반갑습니다! 여러분은 '기자'라고 하면 어떤 모습이 떠오르나요? 영화나 드라마에서 보면 기자는 사회 곳곳의 비리를 파헤치는 정의의 사도로 나타날 때도 있지만, 특종을 위해서라면 물불 안 가리는 냉혈한으로 등장할 때도 있습니다. 최근에는 '기레기'라는 말이 생겼을 정도로 기자에 대한 인식이 나빠졌습니다. 저도 10대 시절에 수준 낮은 기사를 보고 비웃었던 기억이 나네요.

그렇지만 기자 그리고 언론이 사라진다면, 우리는 생각보다 많은 불편을 겪게 됩니다. 예를 들어 코로나19 확진자가 몇 명 발생했는지, 누가 우리 지역 국회의원에 당선됐는지, 오늘 프로야구 경기에서 어느 팀이 이겼는지, 오늘과 내일의 날씨는 어떤지 등등 기본적인 정보조차 직접 해당 기관에 전화해서 물어봐야 알 수 있습니다.

물론 정보 전달이 기자가 하는 일의 전부는 아닙니다. 정치인이나 기업인의 비리를 알게 되면 기자는 즉시 취재하여 알려야 합니다. 어떤 사건 사고가 일어났을 때 그 진상을 파헤치는 것도 기자의 몫입니다. 근데 기자는 경찰도 아닌데, 어떻게 사건 사고의 진상을 알아낼 수 있을까요? 그 해답을 찾고자, 노빈손이 신문사에 들어갔습니다.

인턴 기자가 된 첫날, 한 국회의원이 의문의 교통사고를 당하는 사건이 벌어졌는데요. 평소 신문도 잘 읽지 않던 노빈손은 과연 어떤 기사로 사건의 진실을 알리게 될까요? 노빈손의 활약을 따라가다 보면 여러분은 기자가 어떻게 일하는지 자연스레 알게 될 겁니다. 조금 허술하지만 든든한 선배 기자, 고생만의 활약도 기대해 주세요.

중학생 시절 《노빈손》 시리즈를 재밌게 읽었던 기억이 납니다. 어느덧 20년 가까운 세월이 흘러 제가 직접 노빈손 이야기를 쓰게 되다니, 정말 신기합니다. 제게 이런 특별한 기회를 준 뜨인돌 편집부에 감사합니다. 항상 저를 응원해 주는 가족과 친구들, 동료들에게도 고맙다는 말을 전하고 싶습니다.

그 누구보다 고마운 사람은 바로 독자 여러분입니다. 오랜 세월 노빈손을 응원해 주신 여러분이 없었으면 이 책은 나오기 어려웠을 것입니다. 저 역시 노빈손을 사랑하는 한 사람으로서, 이제 여러분과 함께 기자의 세계로 떠나 보려 합니다. 즐거운 모험이 되길 바랍니다!

박형민

목차

프롤로그   8

제1장 인턴 노빈손은 기자 체질?

도전! 인턴 기자   14

노빈손, 면접장을 뒤집어 놓다   17

인턴 시험 결과는?   22

첫 출근   24

나 부장의 3대 자세   29

밥은 남의 돈으로?   31

경찰서 브리핑   35

취재 현장으로!   39

운전기사 아들을 인터뷰하다   43

기자실의 잠 못 드는 밤   48

의문의 전화 제보   52

제2장 취재의 맛을 알아 버린 노 인턴

구라신문의 단독 기사   56

운전기사 아들을 다시 만나다   59

아, 건강검진 기록이 있었지!   62

사고 원인은 음주 운전이 아니야!   65

귀재의 두 번째 제보   68

새로운 증거   71

대수족관을 만나다   74

새로운 단서   80

기사 반응 대폭발!   86

나승진의 특별 교육   91

기삿거리는 받아 내는 것?   94

팩트는 만드는 것?   97

기철그룹의 항의 전화   103

제3장 특종왕 노빈손의 위기

노빈손, 연달아 특종을?   110
이것은 출장인가, 땡땡이인가   112
부장은 놀고, 인턴은 취재하고   116
낯익고 이상한 환자   121
노빈손의 특종은 오보?   128
긴장되는 경찰 수사 결과 발표   133
나승진의 굴욕, 노빈손의 눈물   136
사건의 내막   139
노빈손, 근신 조치 당하다   142
드디어 드러난 불한당의 정체   146
폭풍 검색, 새로운 단서 발견!   150
운전기사 아들의 증언   153

제4장 노 인턴은 참지 않지!

블랙박스에 딱 걸렸어!   160
기현그룹이 서두르는 까닭은?   163
확신에 찬 고생만   168
나승진을 뒤쫓아라!   171
위험천만 작전회의   175
이 계획, 정말 괜찮을까?   179
드디어 결전의 시간!   181
우리 인턴, 실력 끝내주죠?   188
대결전 다음 날   193

에필로그

  197

부록: 기자의 세계
1. 기자란 어떤 사람들일까?   202
2. 기자들은 어떻게 일을 할까?   211
3. 기자가 되려면 무얼 어떻게?   219
4. 기자와 언론의 미래는?   227

으아~ 시원해!
여름엔 역시
아이스 아메리카노야!

근데 말숙이 얘는
왜 이렇게 늦는 거야?!

심심한데
너튜브나 좀
볼까?

오늘은
어떤 영상이
올라왔으려나아~

호!

대수족관
구독자 00000
구독 중

여러분 안녕하세요!
제가 고려일보와 인터뷰
를 했습니다. 기사는 고려
일보 홈페이지에서...

대수족관 님
많이 컸군!
몇 년 전만
해도...

8

뭐야 이거, 내 얘기는 한 줄도 없잖아!
이럴 수가...

쳇...

간만에 메시지나
보내 봐야지!

대수족관 님
기사 잘 봤어요^^
근데 섭섭해요,
제 얘긴 하나도
안 하시고...

안 하시고...

와, 오랜만이에요^^
제가 빈손 님 얘기를
안 했을 리가요!
편집당했나
본데요?

1

인턴 노빈손은
기자 체질?

도전! 인턴 기자

"늦어서 미안. 그렇다고 보자마자 한숨을 쉬다니! 급하게 할 말이란 게 뭐야?"

말숙이를 보자 노빈손은 시원한 상상에서 무더운 현실로 돌아왔다. 말숙이를 만나면 하려던 말이 생각났기 때문이다. 노빈손이 입을 열었다.

"어제 성적표가 나왔는데, 학점이 1.55야. 앞으로 어떻게 하면 좋을까. 내 창의력을 펼치기에는 우리나라 교육의 다양성이 너무 부족한 건 아닐까? 그저 암기력으로 사람을 평가하다니……."

말숙이는 전공 책은 거의 펼쳐 보지도 않고 시험 기간에도 게임만 해 댄 노빈손의 모습을 떠올렸다. 이따금 시험 시간을 착각해 말숙이 옆에서 학생 식당 메뉴나 고르고 있던 노빈손을 생각하면, 학사 경고를 받지 않은 게 신기할 정도였다.

"그래? 그럼 네 말대로 암기력 말고, 밖에서 능력으로 평가받아 보는 건 어때? 어차피 마지막 학년에는 기업체에서 인턴 직원으로 일하면 한 학기 출석한 걸로 인정해 주잖아. 뭐가 좋을까? 아, 너 요새 언론 계열 강의실 들어가서 졸고 있던데, 그쪽은 어때?"

"아, 맞다! 안 그래도 아까 어떤 기사를 보고 화가 난 참인데, 나도 기자나 해 볼까? 내 친구도 얼마 전에 인턴 기자 한다고 어깨에 힘주고 다니던데."

　노빈손은 요새 친구를 따라 미디어커뮤니케이션학과 강의실에 드나들었다. 강의 이름에 들어 있는 '미디어'라는 단어를 보고는, TV나 실컷 볼 수 있는 강의인 줄 알고 들어간 것이다. 그 때문에 팔자에도 없는 언론학을 배우는 중이었다.

　"너한테 딱이네! 인터넷 기사들 보면, TV에 어떤 연예인이 나와서 엄청 웃겼다, SNS에 어떤 사진을 올렸다가 폭풍 비난 댓글을 받았다, 이런 게 수시로 뜨던데. 너라면 그런 거 잘할 것 같아! 집에서 매일 TV 보고 게임만 하고 그러잖아."

　"집에서 TV 보고 게임만 한다니! 내가 얼마나 많은 일을 하는데. 근데 네 말 듣고 보니…… 재미난 TV 프로그램 보면서 기사 몇 줄 쓰고 월급까지 받으면 좋긴 하겠네!"

　노빈손은 바로 스마트폰을 꺼내 기자에게 필요한 능력을 검색했다. 폭넓은 상식, 글쓰기 능력, 다양한 인간관계와 경험 등이 필요하다고 나왔다.

　"나는 변호사도 알고 의사도 아니까, 이 정도면 인간관계는 풍부한 거 아닐까? 그리고 우주에 가 본 대학생이 나 말고 또 있겠어?"

　노빈손이 근거 없는 자신감을 보이면서 중얼대자 말숙이가 한숨을 내쉬었다.

　"어휴, 넌 잡학다식하기만 하지, 진득하게 공부한 게 없잖아! 안

기자나 방송계 취업을 꿈꾸는 학생들이 주로 다니는 대학교 학과는, 예전에는 '신문방송학과'라는 이름이 흔했어요. 그런데 시대가 변하면서 지금은 '미디어' '영상' '정보' '커뮤니케이션'이라는 말이 학과 이름에 많이 들어가요. '미디어커뮤니케이션학과' '언론정보학부' '방송영상학과' 등등 다양합니다.

되겠다, 내가 자기소개서라도 좀 그럴듯하게 써 줘야겠군. 마침 노트북을 가져왔으니 자기소개서 쓰는 거 도와줄게. 주변에 기자 지망생 친구도 몇 명 있으니 좀 물어봐야겠다."

말숙이는 노트북을 꺼내 문서 작성 프로그램을 켰다. 머릿속에 쏟아지는 문장들을 옮기기라도 하듯 번개 같은 속도로 키보드를 두드렸다.

"저는 매일같이 인터넷으로 뉴스를 보면서 누구보다 빠른 타자로 댓글을 씁니다. 신분이 드러나지 않는다는 이유로 인터넷에 말도 안 되는 댓글이나 악플을 다는 사람들을 깨우치는 데 큰 공헌을 하고 있습니다. 연예인 SNS에도 자주 접속해 네티즌들의 반응을 빠르게 파악하고 있습니다. 저는 그 누구보다도 네티즌과 잘 소통하는 기자가 될 자신이 있습니다……."

말숙이가 써 준 자기소개서를 읽는데 어딘지 아쉬움이 남았다. 노빈손은 기자가 된 자신을 상상하며 조심스럽게 말숙이에게 말을 건넸다.

"기자 지망생이라면 좀 더 지적으로 보여야 하지 않을까?"

"얘가 뭘 모르네. 요즘은 솔직함이 중요하다고."

"그래? 좋아, 한번 믿어 보지!"

노빈손, 면접장을 뒤집어 놓다

띠리리링.

자기소개서를 제출하고 3일 후, 노빈손에게 전화가 걸려 왔다.

"노빈손 씨 맞죠? 안녕하세요. 고려일보입니다. 인턴 기자 서류 전형에 합격했으니 내일 오전 10시까지 면접 장소로 와 주시기 바랍니다."

"네네? 고구려 뭐라고요? 네? 아, 고려일보요? 네, 알겠습니다!"

처음부터 기대를 하지 않은 탓인지, 노빈손은 고작 3일 전 인턴 기자에 지원한 사실조차 잊고 있었다.

'맙소사! 어쩌지……. 이왕 이렇게 된 거, 면접은 봐야겠지?'

노빈손은 고등학교 졸업 선물로 받은 정장을 꺼냈다. 몇 년 만에 입어 보니 그새 살이 쪘는지 옷이 좀 끼었다.

다음 날 면접장에 도착해 보니, 면접 대기자들 모두 말끔한 복장에 정돈된 머리를 하고 있었다. 그에 비해 노빈손은 머리카락 몇 가닥 남지 않은 빛나는 머리에, 밤새 컴퓨터를 해서 생긴 다크서클 때문에 단연 눈에 띄었다. 잠시 후 한 직원이 대기실에 나타났다.

"공부행 씨, 김천재 씨, 노빈손 씨 들어오세요."

노빈손은 첫 면접자 그룹에 들었다.

'아뿔싸! 학교에서도 노 씨가 가장 먼저 불리는 경우는 없었는데……'

노빈손은 자리에서 일어나 같이 면접실로 들어가는 대기자들을 곁눈질로 보았다. 이름처럼 두 사람 다 맨날 공부만 했을 것 같은 모습이었다.

면접실에 들어가니 세 명의 면접관이 앉아 있었다. 명패에 각각 사장, 국장, 부국장이라고 쓰여 있었다.

'사장은 이 회사의 대장일 테고, 국장은 어디서 들어 본 거 같긴 한데……'

노빈손이 미처 생각할 틈도 없이 사장이 이야기를 시작했다.

"우선 공부행 씨. 자기소개와 지원 동기를 이야기해 보세요."

"안녕하세요. 저는 공부행이라고 합니다. 영국에서 법학전문대학원을 졸업했습니다. 하지만 제 꿈은 사회의 어두운 면을 고발하는 기자가 되는 것이기에, 그 꿈을 찾아서 고려일보 인턴 기자에 지원했습니다."

'법학전문대학원이라면, 로스쿨? 게다가 영국 유학생 출신이라니……'

노빈손이 감탄하며 자기는 어떻게 소개할지 궁리하려던 바로 그때, 사장이 말을 이었다.

"네, 알겠습니다. 그럼 다음으로 노빈손 씨, 이야기해 보세요."

다음 순서가 김천재인 줄 알았던 노빈손은 당황하여 눈알이 튀어나올 뻔했다. 하지만 당황한 마음을 감춘 채 천연덕스럽게 입을 열었다.

"안녕하세요. 저는 노빈손입니다. 시켜만 주시면 뭐든 열심히 하겠습니다!"

사장과 국장은 노빈손의 큰 목소리에 살짝 놀란 듯 서로를 바라보았다. 이번에는 국장이 노빈손에게 물었다.

"우리가 노빈손 씨를 뽑아야 하는 이유가 있다면 설명해 보시겠습니까?"

국장은 가벼이 던진 질문이지만, 그런 걸 고민조차 해 본 적 없는 노빈손에게는 너무나 어려운 질문이었다.

"어, 음, 그게……."

"자, 노빈손 씨는 기자가 되면 어떤 기사를 쓰고 싶은가요?"

이번에도 예상치 못한 질문이었다. 노빈손은 순간적으로 머리를 굴려 자기소개서에 썼던 내용을 생각해 냈다.

"인터넷을 보면 제대로 알지도 못하면서 댓글을 다는 사람도 많고, 거짓 정보를 아무렇지 않게 퍼뜨리는 사람도 많은데요, 제가 그런 거짓 소문에 대한 진상을 밝혀 보겠습니다."

면접관들은 고개를 갸우뚱했다.

"노빈손 씨. 댓글은 댓글로 상대해도 될 텐데, 굳이 기자가 되어야 할 필요까지 있을까요?"

노빈손은 3초 정도 고민하다가, '솔직함이 중요하다'던 말숙이의 말을 떠올렸다.

"네, 사실은…… 저는 한 유명 너튜버의 성공에 크게 기여했습니다. 그런데 며칠 전 여기 고려일보에 실린 그 너튜버의 인터뷰 기사에서 제 이름이 편집돼 버렸습니다. 그걸 보고 화가 나서, 정확한 기사를 직접 작성해 보고 싶어져서 지원했습니다!"

노빈손은 스스로도 무슨 말을 하는지 모른 채로 말을 마쳤다. 다른 면접자들이 키득키득 웃고 있었다.

"그거 참 특이한 지원 동기네. 특별한 이력은 있나요?"

"어…… 예전에 화성에 다녀온 적이 있고요, 변호사 사무소에서 알바를 한 적도 있습니다. 최근에는 대학병원 응급실에서 인턴으로 일하며 전염병 사태를 가라앉히는 데 아주 중요한 역할을 했습니다!"

노빈손은 으쓱대며 거침없이 대답했지만, 사장과 부국장은 황당하다는 표정으로 노빈손을 쳐다봤다. 유일하게 국장만이 '화성'이라는 단어에 눈을 반짝이며 관심을 보였다. 국장이 다음 질문을 이어 가려고 하자 사장이 손짓으로 막았다.

"잘 알겠습니다. 면접 결과는 전화로 알려 드리지요."

'전문가 노빈손'의 지난 활약이 궁금하다면 《노빈손과 천하무적 변호사 사무소》
《의사 노빈손과 위기일발 응급의료센터》 등을 읽어 보세요!

인턴 시험 결과는?

모든 지원자에 대한 면접이 끝난 후, 면접관들은 사장실에 모여 지원자들의 이력서에 점수를 매기기 시작했다.

"노빈손? 아, 그 녀석이네. 면접에서 순 거짓말만 늘어놓고……."

사장은 노빈손의 이름을 보자마자 어이가 없다는 듯 말했다.

"아, 아까 안 그래도 제가 자세히 물어보려고 했는데……."

국장은 뭔가 안다는 듯 노빈손의 이력서를 빼 들었다.

"어차피 거짓말인데 뭘 더 봐. 다른 지원자들 이력서나 보자고."

"아닙니다. 얼마 전에 문화부 김 기자가 유명 너튜버 대수족관을 인터뷰했는데 노빈손에 대한 얘기가 있었습니다. 분량 때문에 편집하긴 했는데, 그 녀석이 대수족관하고 친분이 있는 건 사실인 것 같습니다. 다른 이력도 제가 확인해 보겠습니다."

노빈손의 변호사 사무소 알바와 응급실 인턴 이력은 국장이 주변에 전화를 돌려 금방 확인이 됐다. 하지만 우주에 다녀온 건 확인해 줄 사람이 없었다.

"아니, 화성에 다녀왔는데 뉴스 한 줄 없다는 게 말이 돼?"

사장은 다른 지원자의 이력서를 보면서 말했다.

"우주에 있는 화성이 아니라 경기도 화성시 아닐까요?"

국장의 말에 사장이 째려보자, 이번에는 부국장이 거들었다.

"아, 그렇겠네요. 그런데 화성시에 다녀온 게 뭐 대단한 일이라고 말을 꺼냈을까요? 아무튼 특이한 녀석 같기는 한데 말이죠."

사장은 이력서를 넘기던 손을 멈추었다. 세 사람은 다시 머리를 맞댔다. 경험은 많지만 학점을 1.55밖에 못 받은 학생이 과연 열심히 하겠냐는 의견, 자신감 넘치는 태도가 기자 생활에 잘 맞을 것 같다는 의견이 부딪쳤다. 이윽고 사장이 입을 열었다.

"녀석이 좀 수상하기는 하지만 보통내기는 아닌 거 같아. 그리고 지금 대통령이 화성시 출신이잖아? 그걸 굳이 언급한 걸 보면 뭔가 있는 거 같기도 하고. 또 국장이 관심이 간다고 하니⋯⋯. 그래, 한번 뽑아 보자고. 어떻게 하는지는 앞으로 지켜보면 되니까."

집에 돌아온 노빈손은 머릿속에서 면접 때의 기억을 지우려고 했지만 여운은 쉽게 사라지지 않았다.

"차라리 서류 심사에서 탈락했으면 기대도 안 하는 건데."

노빈손이 툴툴거리며 머리를 감싸고 있을 때 전화벨이 울렸다.

"여보세요."

"네. 고려일보입니다. 노빈손 씨 되시죠? 인턴 기자에 합격하셨습니다. 다음 주부터 출근하시면 됩니다."

노빈손은 순간 말숙이가 걸어 온 장난 전화 아닐까 싶어 화면에 찍힌 번호를 봤다. 지난번 면접 통보 전화와 같은 번호였다.

"으앗! 정말인가요? 오늘 만우절 아니죠?"

노빈손은 제 얼굴을 꼬집어 보고는 배시시 웃었다.

 ## 첫 출근

이른 아침부터 울리는 요란한 알람에, 노빈손은 베개에 얼굴을 묻은 채 손으로 스마트폰을 더듬어 찾았다. 잠시 후 노빈손은 깜짝 놀라며 침대에서 튀어 올랐다.

"아, 맞다! 오늘부터 출근이지."

10분 내로 준비를 마치고 나가도 9시 안에 출근하기 쉽지 않은 시간. 노빈손은 얼굴에 대충 물만 묻히고선, 일주일 전에 입고 대충 벗어 둔 양복을 급하게 입고 집을 나섰다.

허둥지둥 고려일보사에 도착해 시간을 확인해 보니 8시 58분. 다행히 지각은 면했다. 한숨을 돌린 노빈손은 눈앞에 보이는 회의실로 부리나케 들어가, 테이블 위에 놓인 신문 앞으로 갔다. 일찍 출근해서 신문을 보고 있었던 척하려는 것이었다.

기현그룹, 용산에 500층 빌딩 착공 예정

야당과 시민단체는 일조권 침해, 교통난 등으로 반대

신문 1면에 대문짝만하게 쓰인 제목이 노빈손의 눈길을 끌었다.

"오호, 흥미로운 기사인데? 나도 오늘부터 기자니 신문을 읽어야지. 어디 보자……."

그때 회의실 문이 열리더니 누군가 들어왔다.

"노빈손 인턴이시죠? 여기 계시면 어떡해요? 저는 관리팀 직원이에요. 늦었으니까 어서 따라오세요."

직원은 기자들이 일하는 편집국 사무실 한쪽으로 노빈손을 안내했다. 책상이 다닥다닥 붙어 있는 곳에 '사회부'라는 팻말이 보였다. 안쪽 자리에는 덩치 큰 남자가 앉아 있었다. 세수를 안 했는지 얼굴에 기름기가 껴서 반짝반짝 빛났다.

"아, 눈부셔."

노빈손이 중얼거리자 직원이 급히 귓속말을 했다.

"쉿! 외모에 민감한 분이니까 조심하세요. 앞으로 같이 일할 부장이니까 가서 인사하세요."

노빈손은 부장이라는 말에 살짝 주눅 들어 옷매무새를 다듬었다.

"아, 저…… 안녕하세요. 노빈손이라고 합니다."

"어, 자네가 노빈손이구나. 그래, 난 나승진 부장이다. 앞으로 열심히 하고, 부서에 피해 주는 일 없게 잘하자. 그건 그렇고, 고생만 기자는 어땠어?"

나승진 부장은 컴퓨터 모니터만 처다보면서 말했다. 노빈손이 힐끗 보니 모니터에는 주식 차트가 펼쳐져 있었다. 그때 누군가 헐레벌떡 뛰어 들어왔다.

"늦어서 죄송합니다, 부장. 택시 타고 오는데 타이어가 펑크 나서……."

"고생만 너는 어떻게 매번 타이어가 펑크 나냐? 오늘은 인턴이 있으니까 그냥 넘어가는 줄 알아! 이 인턴, 앞으로 고 기자가 교육하면서 잘 챙겨 봐. 난 지금 중요한 일 하는 중이니까 업무 얘기는 알아서 하고."

나승진은 고생만을 윽박지르고는 이내 고개를 돌려 주식 차트를 뚫어지게 들여다봤다. 노빈손은 고생만을 슬쩍 쳐다보았다. 소매가 너덜너덜해진 셔츠에 10년은 신은 듯 낡은 구두, 텁수룩한 머리털, 면도를 안 해서 삐뚤삐뚤 자란 수염까지……. 자기도 곧 저런 모습이 되는 건가 싶어, 노빈손은 순간 오싹해졌다.

"노빈손이라고 했지? 업무가 시작된 상태라 인사는 나중에 하는 게 좋을 거 같고, 일단 사무실부터 소개해 줄게."

고생만은 노빈손을 데리고 사무실을 한 바퀴 돌기 시작했다. 주위에는 사회부 말고도 경제부, 정치부, 문화부, 편집부 등 여러 부서의 팻말이 보였다.

"고생만 선배님. 사회부, 정치부, 문화부는 대충 알겠는데 편집부는 뭐 하는 곳이에요?"

"그건 따로 알려 줄게. 근데 나한테 선배님이라고 부르지 말고 선배라고 불러야 해. 여기서는 남을 부를 때 '님'을 붙이지 않지. 사장한테도 사장님이 아니라 사장이라고 불러."

"와, 정말요? 왜요, 선배님? 아니 서…… 선배."

"어어…… 사실 나도 잘 몰라. 기자는 다 평등하기 때문에 '님'을 붙이지 않는 거라고는 하는데, 선후배끼리 평등하긴 무슨……. 대통령이나 재벌 총수를 취재할 때를 대비해서 기죽지 않는 연습을 미리 하는 거라고 생각해 두면 좋을 거야."

신문사 편집부는 말 그대로 신문을 편집하는 일을 담당해요. 각 부서 기자들이 기사를 써내면 편집 기자들이 그 기사를 매만져서 신문을 엮는 거죠. 회사마다 조금씩 다르긴 하지만, 주로 기사문에서 잘못된 글자나 표현을 바로잡고, 기사와 관련된 사진을 찾아 넣고, 기사에 제목을 다는 일 등을 해요.

노빈손은 백화점 구경이라도 온 듯 여기저기를 둘러보았다. 고생만은 정치부 쪽을 쳐다보면서 말을 이었다.

"저기 안경 쓴 사람 보이지? 저 사람은 백대기 기자인데, 끈기 있게 기다리기로 유명한 사람이야. 전에 사회부에 있었는데 사건 현장에서 비 맞으며 대기하다가 탈옥수를 발견하기도 했지. 그리고 저기 경제부에 양복 입은 기자는 김불청 기자라고, 기업 홍보팀한테서 잘 좀 봐달라는 연락이 많이 와도 흔들리지 않고 날카로운 기사를 쓰는 걸로 유명해."

"근데 선배. 고려일보 기자는 저분들이 다예요?"

"무슨 소리야, 우리 기자가 몇백 명이나 되는데. 기자들은 자기 취재 현장에서 하루를 보내는 경우가 많아서 사무실을 비우는 게 흔해. 우리도 좀 있다가 경찰서로 갈 거야."

노빈손이 다시 주위를 둘러보니 사회부나 정치부 등에는 기자 한두 사람만 있는 반면, 편집부에는 자리가 꽉 찰 정도로 많은 사람이 있었다. 각 부서의 부장들은 전화를 받느라 바빴다.

"그래. 그럼 계속 취재해."

"야, 그건 기삿거리가 안 되잖아! 다른 거로 다시 써."

부장들이 전화기를 붙잡고 있는 모습이 노빈손 눈에는 신기하게만 보였다.

나 부장의 3대 자세

"노빈손 인턴, 이리 좀 와 봐."

고생만의 회사 소개가 채 끝나기도 전에 나승진의 목소리가 쩌렁쩌렁 울려 퍼졌다. 노빈손은 부리나케 나승진에게 뛰어갔다.

"네. 부장님."

"뭐, 부장님? 누가 님 자를 붙이래, 언론사에서!"

"아, 죄송합니다. 부장."

고생만과 노빈손을 번갈아 노려보던 나승진은 노빈손의 민머리를 만지며 말했다.

"너도 우리 식구가 됐으니, 기자에 대해 알려 주지. 아까 경찰서를 돌아다니느니 어쩌니 하던데, 그럴 필요 없어. 내가 기자의 3대 자세를 가르쳐 줄 테니까 잘 들어."

"네? 기자의 3대 자세요?"

"그래. 우선 기자는 자기 돈 내고 밥을 먹는 게 아니야."

노빈손이 갸웃거리자 나승진이 말을 이어 갔다.

"기자는 국민을 대표해서 여론을 움직이는 사람이야. 국민은 대접을 받아야지, 대접을 하는 존재가 아니라고."

"아아, 그렇……군요. 기자는 자기 돈 내고 밥을 먹지 않는다……."

노빈손은 왠지 찜찜한 기분이 들었지만, 일단 고개를 끄덕이며 중얼거렸다. 나승진은 쉬지 않고 얘기했다.

"그리고 기사는 스스로 찾는 게 아니라 남한테 받아 내는 거야."

"기사를 받아 낸다고요? 어떻게요?"

"기사는 국민의 여론을 반영하는 거야. 여론을 만들어 내기보다, 사람들이 생각하는 것들을 그대로 써서 세상에 보여 주는 거지. 자, 그리고 마지막. 팩트는 만드는 거야."

"엥? 팩트를 만든다고요? 그건 가짜 뉴스 아닌가요?"

노빈손은 이것만은 도저히 이해가 가지 않는다는 표정으로 물었다. 나승진은 노빈손을 한심하다는 듯 쳐다보며 혀를 끌끌 찼다.

"그럼 범죄자가 자기는 나쁜 짓 하지 않았다고 하면, 아 그렇구나 하고 기사 안 쓸 거야? 팩트를 조작하라는 게 아니라, 네가 그 팩트를 직접 만들어서 구상을 하라, 이 얘기야."

노빈손은 '팩트를 만들라'는 게 도대체 무슨 뜻인지 알 수 없었다. 하지만 기자에 대해 아는 게 없어서 뭐라고 반박도 못 했다.

"어이 고생만. 오늘 중요한 일정이나 사건 있어? 없지? 이 녀석 데리고 나가서 점심이나 먹고 올 테니까 사건 생기면 연락해."

"부장. 인턴이면 경찰서도 견학해야 하고 여기저기 둘러볼 데도 많은데……."

"야, 애가 여기 소풍 왔어? 견학이라니. 큰 사건 터지면 그때 보

나승진 부장이 이상한 말들로 노빈손을 헷갈리게 하고 있는데, 위험한 얘기도 있으니 가려들어야 해요. 물론 기삿거리는 남에게 제보를 받기도 하지만, 기자 스스로 찾아내는 자세가 무엇보다 중요하죠. 보도 자료나 소문 같은 데 너무 의존하면 불공정하고 부정확한 기사를 써내기 십상이에요.

계속 →

내 줄 테니까 연락하라고."

나승진은 고생만의 말을 단칼에 끊고는 노빈손을 데리고 나갔다. 덩치 큰 나승진은 노빈손의 손목을 잡고 나서더니 회사 현관을 나가서야 풀어 줬다.

"너도 봐서 알겠지만, 고생만 저 녀석은 능력도 별로고 이상하게 운도 없어서 부서에 별로 도움이 안 된단 말이야. 만약 네가 중요한 기삿거리를 발견하면 생만이한테 보고하지 말고 나한테 바로 말해. 잘만 하면 바로 정직원 될 수 있게 힘써 줄게."

"앗, 정말요? 전 아직 대학교 졸업도 못 했는데요."

정직원이라는 단어에 노빈손은 깜짝 놀랐다. 요즘처럼 취업이 어려운 시대에 이렇게 쉽게 기자가 될 수 있다니!

"대학 졸업이 뭐가 중요해, 능력만 있으면 그만이지. 그리고 넌 아직 기자 생활을 잘 모르는 거 같으니, 오늘은 내가 특별히 진짜 기자의 하루를 체험시켜 주지. 자, 따라오라고."

밥은 남의 돈으로?

나승진 뒤를 총총걸음으로 따라가던 노빈손의 배에서 배꼽시계가 울렸다. 아직 소리가 심하지 않은 것으로 보아 점심시간은 아니

'팩트는 만드는 것'이라는 말도 곧이곧대로 들어선 안 돼요. 기자에겐 '팩트' 즉 진실을 구별해 내는 통찰력이 중요하죠. 그러면서도 지나친 확신과 섣부른 판단은 경계해야 해요. 진실에 다가가고자 최대한 객관적인 시각으로 취재하다 보면, 진짜 '팩트'를 세상에 내놓을 수 있답니다.

고 오전 11시쯤 됐지 싶었다. 스마트폰을 꺼내서 보니, 과연 노빈손의 배꼽시계는 틀리지 않았다.

"어이, 노빈손. 빨리 따라와."

"네, 부장! 근데…… 겨우 11시인데 벌써 점심을 먹나요?"

"기자는 원래 정해진 일정이라는 게 없어. 그냥 시간 될 때 먹는 거야. 잔소리 말고 따라오기나 해."

나승진은 회사 앞 호텔의 일식당으로 노빈손을 데려갔다. 식당 문 앞에는 나이 지긋한 남자가 서 있었다. 고급스러운 양복을 쫙 빼입은 그에게, 나승진은 반갑다는 듯 팔을 흔들며 알은체했다.

"어이구~ 김 실장, 오랜만이야! 여기는 우리 인턴 기자 노빈손."

"노 기자님 안녕하십니까. 네명그룹 홍보실 김아부 실장입니다. 나 부장님처럼 훌륭한 분 밑에서 일하신다니, 부럽습니다. 제가 코스 요리로 예약해 두었으니 어서들 들어가시지요."

김아부는 노빈손에게도 90도로 인사를 하더니 바로 식당으로 안내했다. 식당 벽에 붙은 메뉴판을 보니 코스 요리 1인분에 10만 원이었다. 숫자에 약한 노빈손은 눈을 의심하면서 0이 몇 개인지 다시 세어 봤다. 편의점에서 2000원으로 식사를 해결하곤 하는 노빈손에게는 놀라운 가격이었다. 예약된 방에 들어가 앉자마자 음식이 나오기 시작했다. 처음 보는 음식들을 보자 노빈손은 어쩔 줄 몰랐다.

"어이, 노빈손. 천천히 즐기라고. 그나저나 김 실장, 회장님은 좀 어떠시고?"

"아이고, 말도 마십시오. 누가 자꾸 저희 회장님이 바람피운다고 모함하는데, 절대 그런 분이 아닙니다. 고려일보에서라도 더 이상 악의적인 기사 안 나오도록 잘 좀 부탁드립니다, 부장님. 다음번엔 제가 더 좋은 곳으로 모시겠습니다."

두 사람이 얘기를 나누는 사이, 식당 종업원이 생선회를 들고 왔다. 지루한 대화가 이어져 좀이 쑤시던 노빈손은, 종업원이 들어오자 반가워하며 물었다.

"와, 음식이 계속 나오네요! 근데 이건 무슨 생선이에요?"

"네, 손님. 신선한 복어로 만든 복어회입니다."

"네? 복어라고요? 복어에는 독이 있잖아요!"

"아, 이 친구 참⋯⋯. 계속 못 먹어 본 티 내면 우리 회사 위상이 뭐가 되겠어."

나승진은 헛기침을 하면서 조용히 노빈손을 나무랐다. 투명한 복어회 위로 나승진 얼굴의 번지르르한 기름기가 반사되어 노빈손은 눈을 뜨기가 어려웠다.

"아, 김 실장. 곧 우리 신문사에서 마라톤 대회 개최하는 거 알지? 잘 좀 부탁해. 껄껄."

"그럼요. 국민 건강 증진을 위한 중요한 행사인데, 당연히 저희가 후원해야죠! 아, 부장님. 잠시 전화 좀 받고 오겠습니다."

김아부가 자리를 비운 사이 노빈손이 물었다.

"근데요, 부장. 그거 뭐더라…… 아, 김영란법! 지금 우리가 먹는 건 김영란법에 걸리지 않나요? 엄청 비싼 거 같은데……."

"녀석, 소심하긴! 세 명이 아니라 열 명이 먹었다고 써서 올리면 되잖아. 그리고 이게 다 영업이야. 대기업이 중소기업들 고생한 덕분에 돈 버는데, 그 돈 좀 나눠 가지는 게 뭐가 나빠? 명심해, 어디가서 절대 네 돈으로 밥 사 먹지 마. 누구에게 뭘 얻어먹는지가 그 사람의 사회적 지위를 말해 준다고."

잠시 후 김아부가 잔뜩 긴장한 표정으로 자리에 돌아왔다.

"다른 언론사에서 저희 회장님 관련해서 문의가 오네요. 밥 먹으면서 얘기하자고 해도 자기는 뭐 얻어먹는 거 싫다면서 이래라저래라……. 그러면서 무슨 소통을 하겠다는 건지. 모든 기자가 나 부장님 같으면 얼마나 좋을까요? 참, 부장님 밑에 있는 고생만 기자님도 융통성이 살짝 부족하신 거 같던데……. 부장님이 잘 좀 얘기해 주세요. 하하하!"

"아, 생만이가 좀 그렇지? 껄껄. 걱정 마, 김 실장. 내가 잘 타이를 테니까."

식사가 끝나갈 무렵 나승진의 스마트폰 벨이 울렸다. 나승진은 귀찮아하며 메시지를 확인했다.

'김영란법'이란, 공직자 등에게 어떤 대가를 바라고 뇌물을 주거나, 또는 그걸 받는 경우를 막기 위한 법이에요. 일정 금액 이상의 돈이나 물건, 식사 대접 등을 받은 공무원, 국회의원, 교사, 언론인 등, 그리고 그들에게 그걸 준 사람들은 처벌을 받아요. 정확한 이름은 '부정 청탁 및 금품 등 수수의 금지에 관한 법률'입니다.

― [종로경찰서] A당 김정열 의원, 금일 새벽 북악스카이웨이에서 교통사고로 중태. 12시 브리핑 예정

"뭐야, 이거. 김정열 의원 중태? 아이참, 귀찮은 일 생겼네. 연락 왔으니까 일단 노빈손 넌 사무실로 가서 고생만을 따라가 봐. 기자의 3대 자세 중 나머지 두 가지는 다음에 더 알려 줄 테니까."

경찰서 브리핑

노빈손이 사무실에 막 들어서는데 고생만이 사무실에서 나오고 있었다.

"어, 노빈손. 마침 잘 왔다. 급하니까 일단 따라오라고."

고생만이 급히 움직이자 노빈손은 영문도 모른 채 서둘러 쫓아갔다. 길에 나서자마자 고생만은 팔을 번쩍 들며 택시를 잡았다.

"기사님, 종로경찰서로 가 주세요."

"아니, 선배. 바로 근처인데 돈 아깝게 왜 택시를 타요?"

노빈손이 영문을 모르겠다는 듯 눈을 동그랗게 뜨고 물었다.

"우리는 아직 세상에 알려지지 않은 고급 정보를 갖고 있는 사람들이야. 이동하면서 전화 통화를 해야 할 수도 있는데, 그걸 다른 사람들이 들으면 안 된다고."

"그래도 종로경찰서는 걸어서 10분 거리인데……."

"기자는 1분 1초가 소중한 사람이야. 우리가 늦게 가면 그사이에 다른 기자들끼리 중요한 정보를 주고받을지 모른다고. 또 이왕가는 거, 브리핑룸 앞자리에 앉으면 좋잖아. 휴~ 신입 때 마와리돌던 거 생각하면……."

고생만은 생각에 잠긴 듯 허공을 보며 말했다. 노빈손은 어리둥절해하며 물었다.

"네? 미아리요? 미아리를 왜 돌아요?"

"하하하! 미아리가 아니고 마와리. 노빈손, 기자 지망생 맞아? 신입 기자들은 밤새 경찰서를 돌면서 기삿거리를 찾아내야 하는데, 그걸 '마와리'라고 해. 일본어에서 온 표현이라 고치긴 해야 하는데, 아직 많이 쓰이고 있지. '취재처 돌아다니기'라고 하면 적당하겠네. 아무튼, 어휴~ 그때만 생각하면 끔찍해."

"밤새 경찰서를 돌아야 한다고요? 그럼 잠은 언제 자요?"

"경찰서에 기자실이 있거든. 거기서 잠깐 눈 붙이고 다시 움직이는 거지."

"으아아~ 말도 안 돼! 하루 수면 시간 10시간은 보장돼야 하는 거 아닌가요?!"

고생만과 노빈손이 얘기하는 사이, 택시는 경찰서에 도착했다. 시계를 보니 11시 50분. 경찰이 수사 상황을 보고하는 브리핑룸에는 이미 기자들이 우글우글했고, 한쪽에는 카메라 기자도 있었다. 의자는 이미 다른 기자들이 차지하고 있어서 고생만은 벽 쪽에 자리 잡고 섰다. 노빈손의 눈동자는 의자를 찾아 헤맸지만, 눈을 씻고 봐도 남은 의자는 보이지 않았다. 단상 앞에는 경찰복을 입은 사람이 브리핑을 준비하고 있었다.

"기자 여러분, 안녕하세요. 저는 종로경찰서장 방범식입니다. 문자로 간단히 알려 드린 것처럼, 오늘 새벽 4시경 김정열 의원과 그의 운전기사가 교통사고로 중태에 빠졌습니다. 사고 위치는 서울 종로구 북악스카이웨이 인근이고, 빗길 운전 중 사고가 난 것으로 추정되는데, 자세한 사고 원인은 파악 중입니다."

서장의 간단한 브리핑이 끝나자 기자들은 기다렸다는 듯 질문을 퍼부었다.

"김정열 의원은 왜 새벽에 북악스카이웨이에 갔나요?"

"다른 부상자나 목격자는 없나요?"

"자, 자, 더 이상 확인된 건 없습니다. 질문은 다음 브리핑 때 더 받겠습니다."

서장은 손을 휘휘 저으며 고개를 돌렸다.

고생만 옆에 나란히 서서 벽에 기댄 채 브리핑을 듣던 노빈손이 인상을 찡그리며 입을 열었다.

"근데 왜 우리만 서서 이야기를 들어야 하는 거야. 아이고, 다리

와~ 신문사와 방송사 기자들이 많이 와 있네요! 신문사에 취재 기자와 사진 기자가 있는 것처럼, 방송사에도 취재 기자와 촬영 기자(카메라 기자)가 있어요. 특히 TV 뉴스에는 동영상이 필수이기 때문에, 방송사의 취재 현장에는 큼직한 카메라를 든 촬영 기자가 함께하는 게 보통이랍니다.

아파……."

사태의 심각성을 모르는 노빈손은 다른 기자들이 열심히 받아 적는 동안 허벅지를 툭툭 치며 중얼거렸다. 노빈손의 이야기를 들었는지 한 경찰관이 간이 의자 두 개를 들고 다가왔다. 챙 넓은 모자를 푹 눌러쓰고 있어 얼굴은 잘 보이지 않았다.

"기자님들, 여기 앉으시죠."

"앗, 감사합니다!"

노빈손은 간이 의자를 보자마자 넙죽 받아 앉았다. 다리가 편해진 노빈손은 그제야 스마트폰을 꺼내 사진을 찍어 댔다. 의자에 앉으면서도 수첩에 무언가 열심히 써 내려가던 고생만은, 문득 고개를 갸우뚱했다.

'저 경찰은 못 보던 사람인데 되게 친절하네. 근데 왜 어디서 본 것처럼 낯이 익지? 다른 경찰서에서 봤었나?'

한편 노빈손은 브리핑에는 관심이 없고 셀카 찍기에만 바빴다.

"내가 경찰서장을 만났다고 하면 말숙이도 날 대단하게 보겠지? 헤헤."

고생만과 노빈손이 각자 일에 몰두하는 사이, 의자를 가져다 준 경찰은 유유히 브리핑룸을 빠져나가 어디론가 전화를 걸었다.

"네, 모든 게 계획대로 진행되고 있습니다."

취재 현장으로!

브리핑이 끝나자마자 고생만은 급히 밖으로 나와 택시를 잡았다. 노빈손은 이번에도 서둘러 고생만을 따라갔다.

"기사님, 북악스카이웨이로 가 주세요."

고생만은 벌써 지친 듯 택시 뒷좌석에 털썩 앉았다.

"선배, 계속 이렇게 택시 타도 돈 걱정 안 되세요?"

"괜찮아. 언론사에서는 기자한테 월급 외에 취재비를 따로 주거든. 그 취재비로 택시도 타고, 기삿거리 제공해 주는 사람하고 커피도 마시고 그러는 거야. 참, 긴급 상황이니까 빨리 기사부터 올려야지."

고생만은 택시 안에서 노트북을 꺼내고, 스마트폰 핫스폿을 켜서 인터넷에 접속했다. 기사 내용은 없이, 제목란에 '**[1보] 김정열 의원 교통사고로 중태, 사고 원인 불명**'이라고만 쓰고 전송 버튼을 누르려는 순간, 갑자기 인터넷이 끊겼다. 이달 치 무선인터넷 데이터를 다 써 버려서 핫스폿이 끊긴 것이었다. 고생만은 어쩔 줄 몰라 하며 중얼거렸다.

"지금 바로 송고해야 하는데…… 어떡하지?"

"선배, 일단 제 스마트폰으로 핫스폿을 켤게요. 연락할 사람도 없어서 늘 데이터가 남거든요."

기자들은 취재 현장을 오가며 노트북으로 급히 기사를 써서 자기네 언론사의 '기사 작성·송고 시스템'에 올려요. 근데 와이파이존이 아닌 곳에서는 노트북으로 인터넷을 쓸 수 없잖아요? 그때 기자들은 스마트폰의 '핫스폿' 기능을 켜고 스마트폰의 무선인터넷을 이용해 온라인에 접속한답니다.

노빈손은 처음으로 뭔가 역할을 한다는 생각에 뿌듯해하며 핫스폿을 켰다. 고생만은 기사 내용 없이 제목만 올리고는 나승진에게 전화를 걸었다.

"부장, 고생만입니다. 1보 기사 송고했습니다. 데스킹 부탁드립니다. 저희는 후속 취재 하러 북악스카이웨이로 가고 있습니다."

"그래, 알았어. 이건 데스킹할 것도 없네. 바로 내보내지, 뭐."

수화기 너머에서 들려오는 나승진의 목소리에서는 영혼이 느껴지지 않았다. 노빈손이 스마트폰으로 고려일보 홈페이지에 접속해 보니 메인 화면에 고생만의 기사가 올라 있었다.

"와~ 선배 기사가 바로 떴네요!"

"응. 나승진 부장은 평소에 데스킹을 대충대충 해서, 내가 기사 송고한 대로 내보내는 경우가 대부분이지. 근데 이 기사는 어차피 제목만 우선 올리는 거니까 데스킹할 것도 없이 기사가 바로 올라간 거야."

사고 현장에는 이미 많은 기자들이 도착해 있고, 한쪽에는 카메라도 여러 대 설치되고 있었다. 노빈손은 뉴스 화면에 잡히고 싶어 일부러 카메라 근처를 얼쩡댔다.

앞서 '기사 작성·송고 시스템'을 얘기했죠? 기자는 회사 안팎에서 온라인으로 이 시스템에 들어가 기사를 쓰고 올리는데요, 이렇게 시스템에 '기사를 올리는 것'을 '송고'라고 해요. 그렇게 송고한 기사를 그 부서의 차장이나 부장 기자가 검토하고 퇴고하는데, 이걸 '데스킹'이라 부르고요.

"거기 양복 입은 사람, 좀 비켜요. 앵글 이상하게 잡히잖아요."

노빈손은 카메라 기자의 말을 들었으면서도 일부러 천천히 걸음을 옮겼다.

'쳇, 이럴 때 TV에 나오면 말숙이도 좋아할 텐데.'

"노빈손! 쓸데없는 짓 말고 이리 와."

기자들은 이내 한쪽에 자리를 잡고 모였다. 앞쪽에는 카메라 기자들이 진을 치고 있었고, 뒤쪽에는 스마트폰과 수첩을 든 기자들이 서 있었다.

"이런 상황에서는 지켜야 할 규칙이 있는 법이야. 다른 기자한테 피해를 주면 곤란하다고. 풀을 구성했으니까 너무 눈에 띄게 움직이지 말고."

고생만은 남이 들을세라 조용히 노빈손을 타일렀다.

"풀이요? 선배, 지금 사건이 벌어졌는데 수영장에서 놀 시간이 어디 있어요?"

"뭐라고? 하하! 너 정말 기자에 대해서 하나도 모르는구나. 풀이란, 한 명의 기자가 대표로 취재해서 그 내용을 다른 기자들과 공유하는 시스템이야. 저기, 사고 목격자 인터뷰하는 기자 보이지? 저 목격자가 여기 있는 기자들을 하나하나 다 상대하려면 얼마나 힘들겠어. 그래서 풀이 필요하지. 일단 넌 주위에 눈에 들어오는 거 있으면 다 사진 찍어 놔."

평소에 말숙이와 친구들에게 자랑하기 위해 이것저것 사진 찍기를 좋아하던 노빈손은, 옳다구나 싶었다. 얼른 스마트폰을 꺼내 여기저기를 찍어 대고는 말숙이한테 보냈다.

— 이거 보여? 내가 지금 이런 데서 이렇게 멋진 일을 하고 있지!

— 야, 네 얼굴 말고 현장 좀 찍어서 보내 봐. 지금 TV에서 사고 얘기만 나오고 있다고!

— 이런! 말숙이 너마저 날 무시하냐!

노빈손은 투덜거리면서도 까치발을 들어 가며 사진을 찍었다. 하지만 초점을 잘 맞춰 찍는 실력이 없는 데다, 잔뜩 늘어선 사람

들 사이에서 팔을 높이 뻗어 찍느라 제대로 찍힌 사진은 몇 개 없었다.

"거참, 조금만 덜 복잡하면 선명하게 잘 찍을 수 있는데! 바닥은 또 왜 이렇게 미끄러운 거야?"

아래를 내려다보니, 자동차가 급정거하면서 바닥에 생긴 바큇자국인 '스키드마크'가 도로에 선명하게 남아 있었다.

'어, 여기서 차가 미끄러졌나 보네. 내가 이런 역사적인 곳 위에 서 있다니! 이것도 찍어 뒀다가 나중에 말숙이한테 자랑해야지.'

운전기사 아들을 인터뷰하다

목격자와 인터뷰를 마친 기자가 잠시 후 기자들이 모인 곳으로 왔다.

"인터뷰 내용은 메신저로 공유하겠습니다. 이제 운전기사 아들을 인터뷰하러 가야 하는데요, 기사가 입원 중인 병원이 좁아서 다 들어가지 못한다니, 이번에도 풀을 구성해야 될 것 같습니다."

기자들 사이에서 웅성거리는 소리가 들렸다. 자기가 들어가겠다고 다투어 외치는 소리였다.

"이번엔 우리가 들어갈게요."

여기엔 주로 사회부 기자들이 모여 있군요. 기자라고 하면 흔히 우리 같은 언론사 사회부 기자들을 떠올리지만, 사실 기자에는 아주 다양한 부류가 있답니다. 일단 우리처럼 주로 현장에서 뛰는 취재 기자나 사진(촬영) 기자가 있고요, 사무실에서 일하는 편집 기자와 교열 기자 등이 있어요.

43

계속 →

"그쪽은 지난번에 했잖아요. 이번에는 저희가 할게요."

그때 나이가 좀 들어 보이는 한 기자가 말했다.

"자, 자, 제가 간사니까 정리 좀 할게요. 제비뽑기로 정하죠."

그는 미리 준비를 해 뒀는지 어디선가 종이를 가져왔다. 이 광경을 지켜보던 노빈손이 고생만을 쿡쿡 찌르며 물었다.

"선배, 간사가 뭐예요?"

"간사란 쉽게 말해 기자단 대표라고 할까. 경찰 담당하는 기자가 한둘이 아니잖아. 여러 언론사 기자들을 대표해서 경찰한테 뭐를 물어보거나, 지금처럼 기자들 사이에서 조율할 일이 생기면 나서기도 하지."

고생만이 대답하는 사이, 제비를 뽑기 위해 각 언론사에서 기자들이 나왔다.

"빈손아, 네가 뽑아 봐. 난 저런 거 뽑아서 당첨된 적이 없거든."

"네? 음…… 저거 당첨되면 오히려 고생만 하는 거 아닌가요, 고생만 선배? 우리가 인터뷰해도 어차피 다른 기자들하고 다 같이 공유할 건데……"

"모르는 소리! 다른 기자들은 인터뷰 내용을 받아서 보기만 하지만, 직접 인터뷰를 한 기자는 현장의 분위기와 상대방 말투의 뉘앙스 같은 걸 그대로 알 수 있잖아. 직접 대면해서 하는 인터뷰와 글로 보는 인터뷰 내용은 천지 차이라고."

법률, 의학 같은 전문 영역에서는 그 분야 자격증을 딴 변호사나 의사 출신 전문 기자들이 활약해요. 과학, 문학, 스포츠 등 영역에서도 전문 기자들이 활동하고요. 그 밖에도 다른 나라에 머무르며 그곳 소식을 알리는 특파원 기자도 있고, 전쟁터에서 목숨 걸고 취재하는 종군 기자도 있지요. 계속 ➝

고생만한테 등 떠밀린 노빈손은 어쩔 수 없이 앞으로 나가 제비를 뽑았다. 말숙이와 보드게임을 해도 항상 지고, 가위바위보도 거의 이겨 본 적 없는 노빈손은 이번에도 꽝일 거라고 생각했다. 그런데 이게 웬일? 노빈손이 뽑은 종이에 동그라미가 그려져 있었다.

"오, 당첨이네요. 근데 어디 소속 기자시죠?"

"어어…… 저는 고…… 고려……."

당황한 노빈손이 우물쭈물하자 고생만이 껴들었다.

"저희는 고려일보입니다. 이쪽은 신입 노빈손이고, 전 고생만 기자입니다."

"네. 그럼 잘 부탁드리겠습니다."

고생만과 노빈손은 택시를 타고 운전기사가 입원한 병원으로 이동했다. 고생만은 콧노래를 부르며 웃었지만 노빈손은 왠지 뚱한 표정이었다. 한참 가만있던 노빈손이 말을 꺼냈다.

"선배, 저도 제 소개를 좀 하고 싶었는데……."

"아, 아까 껴든 건 미안. 근데 네가 인턴인 걸 알면 다른 기자들이 가만있지 않았을 거야. 기자연맹 축구 대회에도 인턴은 참가를 못 하는 판인데, 풀이야 오죽하겠어. 이해해 줘."

그리고 요즘에는 기존 언론과 다른 가치를 추구하는 대안 언론도 많이 생겨나서, 그런 곳에서 일하는 기자도 늘고 있어요. 아예 언론사에 소속되지 않은 채 독립적으로 활동하는 시민 기자들도 있답니다. 이처럼 다양한 기자들이 있으니, 여러분도 기자의 세계를 관심 갖고 지켜보면 좋겠어요.

택시는 재빨리 병원에 도착했다. 고생만이 보란 듯 지갑에서 카드를 꺼내 기사에게 건넸다.

"손님, 이거 한도 초과인 거 같은데요?"

"앗, 진짜요? 아아…… 빈손아, 나중에 갚을 테니 네가 일단 좀 내 줘라."

고생만의 얼굴에는 당황한 기색이 역력했다.

"선배, 아까 제 데이터도 썼잖아요! 저 아직 월급도 못 받았는데……."

"정말 미안해. 어제 술을 너무 많이 먹었나 봐. 내가 계산하는 게 아니었는데……. 조만간 꼭 갚을게!"

노빈손은 잠시 고생만을 째려보다가 어쩔 수 없다는 듯 대신 택시비를 냈다.

'내 피 같은 돈! 5000원이면 편의점에서 두 끼는 해결할 수 있는데!'

병원에서 마주한 운전기사는 대화를 할 수 있는 상황이 아니었다. 고생만과 노빈손은 병원 안 카페에서 초췌한 모습의 운전기사 아들을 만났다. 고생만이 먼저 말을 꺼냈다.

"어떻게 위로의 말씀을 드려야 할지 모르겠습니다. 저희가 진실을 밝히기 위해 최선을 다하겠습니다. 아버님이 평소 어떤 분이었는지 얘기해 주시겠습니까?"

기사 아들은 고생만의 손을 잡으면서 울먹이는 목소리로 말했다.

"저희 아버지는 30년 무사고 운전자예요. 가훈으로 '안전 운전'을 붙여 놓을 정도였어요. 항상 조심하며 안전하게 운전하셨죠. 빗길이었다면 더더욱 조심하셨을 거고요. 중요한 분을 모시면서, 그런 사고를 내실 분이 절대 아닙니다."

"그렇군요. 상심이 크시겠습니다."

고생만은 기사 아들에게 이런저런 얘기를 묻고 들으며, 열심히 인터뷰 내용을 기록하고 녹음했다. 이윽고 인터뷰가 끝나자 기사 아들은 병실로 돌아갔고, 카페에는 고생만과 노빈손만 남았다.

"선배. 얘기 들어 보니까 운전기사의 잘못은 아닌 거 같은데요?"

"우리는 일단 지금까지 취재한 걸 쓰면 돼. 당연히 저 사람과 인터뷰한 내용도 기사에 넣고. 기자는 항상 중립적 자세를 유지해야 해. 그나저나 얼른 인터뷰 내용을 다른 기자들한테도 보내고 우리 기사도 빨리 써야겠다. 안 그럼 늦겠는걸."

고생만이 기사를 쓰려고 노트북을 켰는데 전원이 켜지지 않았다. 배터리가 방전된 것이었다. 두 사람은 헐레벌떡 PC방에 달려갔고, 고생만은 부랴부랴 기사를 작성해 올렸다.

"부장. 기사 송고했습니다."

"어, 그래. 알았어."

전화기 너머 부장은 만사가 귀찮다는 말투로 대꾸하고는 전화를 끊었다. PC방 사용료는 이번에도 노빈손의 몫이었다. 고생만은 미안함에 어쩔 줄 몰라 했다.

"선배는 저 아니었으면 하루 종일 취재도 못 했겠네요. 참 나!"

노빈손은 투덜거리면서도 2000원을 척 꺼내 지불했다.

 # 기자실의 잠 못 드는 밤

고생만은 노빈손을 데리고 종로경찰서 기자실로 갔다.

"오늘은 여기서 자야겠다. 사건이 사건이니만큼 집에 가기는 글렀네."

기자실 한쪽에는 쪽잠을 잘 수 있는 간이침대가 있었다. 바닥에는 과자 봉지, 음료수 병 등 쓰레기가 널렸고, 벽에는 군데군데 곰팡이가 슬어 있었다. 기자들은 아무렇지도 않다는 듯 드러누워 잠을 자고 있었지만 노빈손은 도무지 누울 엄두가 나지 않았다.

"선배, 집에 가서 잠깐이라도 자고 나오면 안 되나요? 여기 너무 찝찝해요."

"경찰서에 어떤 정보가 언제 들어올지 몰라서……. 한시라도 빨리 체크하려면 어쩔 수 없어. 좀 더럽긴 하지만, 그래도 국민 세금으로 마련된 공간이니 이나마도 고맙게 생각해야지. 지하에 샤워실 있으니까 거기 가서 대충이라도 씻고 와."

고생만의 말을 듣고 나서야 노빈손은 선배의 제멋대로 뻗친 머리와 구겨진 셔츠가 이해됐다. 노빈손은 체념한 듯 머리카락 없는 머리를 쥐어뜯었다.

"아이고 머리야……. 아! 맞다, 말숙이! 으아아아."

한숨 돌리게 되자 그제야 말숙이와의 약속이 생각났다.

"오늘 취직 기념으로 고기 쏘기로 했는데, 큰일 났다!"

노빈손은 황급히 경찰서 밖으로 달려가 스마트폰을 꺼냈다. 부재중 전화가 다섯 통이나 와 있었다. 말숙이는 전화를 받자마자 괴성부터 질렀다.

"야아아아~ 노빈손, 너 이 자식!"

"말숙아 미안! 오늘 정말 정신이 없었어. 응…… 응…… 나도 집에 가고 싶단 말이야. 으헝!"

노빈손은 취재보다 더 힘든 통화를 마치고 어깨가 축 처진 채 경찰서 계단을 다시 올라갔다. 때마침 바람을 쐬러 나온 고생만과 계단에서 마주쳤다.

"왜 그렇게 기운이 없어?"

사회부 기자들은 취재할 사건을 기다리며 경찰서에서 쪽잠을 자며 밤새 대기하곤 해요. 특히 새내기 기자들이 경찰서 밤샘 대기의 단골이었죠. 다만 최근에 노동자가 지나치게 오랜 시간 일하지 않도록 하는 사회 분위기가 강해지면서, 기자들의 이런 경찰서 밤샘 대기 문화도 사라져 가고 있어요.

"오늘 여자 친구랑 약속이 있었는데 깜빡 잊고 못 갔지 뭐예요."

"저런~ 그런 일이 있었군. 기자 생활이란 게 참……. 나는 밤 10시 전에 집에 들어가면 가족들이 이상하게 생각할 정도야. 너도 조금 있으면 적응하게 될 거야."

둘은 말없이 경찰서 입구 계단에 앉아 밤하늘을 바라봤다.

"근데 선배는 왜 기자가 됐어요?"

"아아……. 내가 어렸을 때 우리 동네 금은방에 도둑이 들었어. 우리 아버지가 인상착의가 비슷하다는 이유로 용의자로 몰렸지.

근데 경찰도 변호사도 아버지 말을 들으려 하지 않았어. 호소할 데가 도무지 없어 난감하던 그때, 유일하게 우리 얘기를 들어 준 사람이 바로 기자였어. 그 기자가 취재해서 제대로 된 기사를 써 준 덕분에 아버지는 누명을 벗었지. 그때부터 기자를 동경하다가 결국 기자가 된 거야."

고생만의 진지한 얘기를 듣자 노빈손은 문득 뜨끔했다. 마지막 학기에 학교 나가기도 귀찮던 차에, 막연한 반발심과 호기심으로 기자나 돼 봐야지 하고 생각했던 자신이 부끄러웠다.

"쓸데없이 얘기가 길어졌네. 내일을 위해 일단 좀 자 두자. 7시로 알람 맞춰 놓을게."

"선배 먼저 들어가세요. 저는 바람 좀 더 쐬고 갈게요."

"그래, 그럼 나 먼저 들어간다."

노빈손의 마음은 복잡해졌다. 사실 그동안 별생각 없이 대학교를 다녔고, 나중에 취직이 안 되면 너튜버나 해 볼까 막연히 생각하고 있었다. 그런데 고생만의 하루를 옆에서 고스란히 지켜보고, 그가 기자가 된 계기까지 듣고 나니, 여기서 어영부영 시간만 보내는 건 다른 기자 지망생들의 기회를 빼앗는 짓이라는 생각이 들었다. 착잡한 마음에 스마트폰을 꺼냈다. 무의식적으로 너튜브를 켰는데 대수족관의 영상이 추천 동영상에 올라 있었다.

이슈는 이슈였는지, 대수족관도 김정열 의원의 사고에 대한 영상을 올렸다.

'김정열 의원 사고가 진짜 큰 이슈인가 보네. 대수족관도 이런 영상을 찍고……. 그나저나 기자가 아닌 일반인도 이렇게 열심인데, 인턴 기자인 난 대체 뭘 하고 있는 거지?'

풀이 죽은 노빈손은 고개를 푹 숙인 채 경찰서 안으로 들어갔다.

의문의 전화 제보

고생만과 노빈손이 꿈속을 헤매던 밤 12시. 탁자 하나가 덜렁 놓인 어느 건물 지하실에서 누군가 바쁘게 움직이고 있었다. 그는 경찰복을 벗고 티셔츠와 청바지로 갈아입었다. 거울 앞에서 조심스레 가면을 쓰고 머리에 가발을 요리조리 맞춰 쓰자, 전혀 다른 사람으로 변신해 있었다. 변장을 마친 그는 스마트폰을 들고 어디엔가 전화를 걸었다.

"거기 구라신문이죠? 김정열 의원 교통사고와 관련해 제보할 게 있습니다."

"김정열 의원 사고 제보라고요? 실례지만 전화 주신 분은 누구신지요?"

"음, '귀재'라고 해 두지요. 자세한 건 만나서 말씀드리겠습니다. 지금 여의도 3번 출구 앞으로 좀 나오시죠."

"아니, 누구신데 다짜고짜 나오라고 하시는지……. 지금 시간이 너무 늦었는데 내일 뵙는 게 어떨까요?"

"후후…… 제 얘기를 무시하고 지나쳤다가는 크게 후회하실 텐데요? 일단 나와 보시죠."

그는 일방적으로 전화를 끊고 밖으로 나갔다. 한편 구라신문의 야간 당직 기자는 이상한 전화 통화를 마치고 고개를 갸우뚱했다.

"뭐야, 이 사람. 전화도 막 끊고……. 부장, 지금 이상한 전화가 한 통 왔는데……."

같이 당직을 서던 구라신문 부장이 보고를 받고는 미심쩍은 표정을 지었다.

"그래? 일단 가 봐. 어차피 지금 할 것도 없잖아."

"아, 왠지 장난 전화 같은데……."

기자는 투덜거리면서도 냉큼 가방을 메고 밖으로 나갔다.

2

취재의 맛을
알아 버린 노 인턴

구라신문의 단독 기사

다음 날 아침. 노빈손의 스마트폰에서 벨이 울렸다.

"으으~ 누가 새벽부터 전화를 하는 거야. 한창 복어회에 꿀 발라 먹는 꿈 꾸고 있었는데……."

스마트폰 화면에 '나승진 부장'이라 적혀 있었다. 순간 잠이 확 깬 노빈손은 부랴부랴 입가에 흐른 침을 닦고 목소리를 가다듬고는 전화를 받았다.

"흠흠. 부장, 안녕하세요! 새벽부터 무슨 일이시죠?"

"뭐? 안녕? 야, 이놈들아. 구라신문에서 사고 원인 파악 기사가 나왔는데 나한테 연락도 없이 뭐 하는 거야? 해가 중천인데!"

'해가 중천이라니? 한밤중인데?'

노빈손은 속으로 생각하면서 벽에 걸린 시계를 보았다. 오전 9시였다! 기자실 안에는 노빈손과 고생만 둘만 남아 있었다.

"왜 대답이 없어? 고생만은 전화도 안 받고 뭐 하는 거야?"

"아, 죄송합니다! 지금 선배가 화장실에 가 있는데요, 돌아오면 바로 연락드리겠습니다."

고생만은 옆에서 세상모르고 자고 있었지만, 사실대로 말했다간 큰일 날 것 같아 거짓말로 둘러댔다. 전화를 끊자마자 노빈손은 고생만을 붙잡고 흔들었다.

"선배 일어나세요! 벌써 9시예요."

"으응~ 무슨 소리야? 7시 알람 맞춰 놨는데."

"저기 시계 좀 보세요. 다른 기자들은 다 나갔나 봐요."

"그럴 리가 없는데……."

고생만은 겨우 몸을 일으켜, 뜨이지 않는 눈으로 스마트폰을 보았다. 틀림없는 9시였다.

"아이고, 큰일 났다! 알람을 오후 7시에 맞춰 놨었네. 일단 나가자!"

"엥? 아직 씻지도 못했는데요, 선배!"

"지금 씻을 시간이 어딨어? 평소에 안 씻을 거처럼 생겨 가지고는……. 됐고, 일단 브리핑룸으로 가 보자."

고생만은 대충 신발을 신고는 문을 열고 뛰어나갔다. 노빈손도 엉겁결에 따라 뛰었다. 꾀죄죄한 모습으로 브리핑룸에 가 보니, 각 언론사 기자들이 구라신문을 펴 들고는 웅성거리고 있었다.

"뭐지? 오늘따라 구라신문이 많이 보이네."

"아, 선배. 아까 부장이 구라신문 어쩌고 얘기했어요. 근데 구라신문, 어디서 들어 본 거 같은데……. 유명한 신문인가요?"

"기자 지망생이 구라신문을 모르다니. 라씨 집안 아홉 남매가 뭉쳐서 만든 신문이야. 예전엔 괜찮은 기사 많이 썼는데, 요즘은 그저 그렇더라고."

고생만이 브리핑룸 한쪽에 남아 있던 구라신문 한 부를 집어 들었다. 1면에 '[단독] 김정열 의원 사고 원인은 기사의 음주 운전'이라는 제목이 걸려 있었다. 고생만을 지켜보던 노빈손은 문득 기사 내용에 집중하는 고생만의 옆모습이 약간 멋있다는 생각이 들었다. 한참 기사를 읽던 고생만이 입을 뗐다.

"어? 또 다른 목격자가 있었나 보네. 왜 우린 몰랐지?"

기사에 실린 목격자의 증언에 따르면, 차에 타기 전 운전기사의 얼굴은 이미 붉은색이었고 걸음도 휘청거렸다고 한다. 김정열 의원은 나중에 차에 탄 까닭에 기사의 음주 사실을 몰랐던 것 같다는 내용도 있었다. 고생만이 지나가는 형사를 붙잡고 물었다.

"형사님. 이거 어떻게 된 거예요? 진짜 음주 운전이에요?"

"아, 저희도 그것 때문에 바빠 죽겠어요. 이미 시간이 한참 지나서 술을 먹었는지 확인하기도 쉽지 않네요. 타임머신을 가져올 수도 없고."

고생만이 신문지를 꼭 쥐고 있어서 노빈손은 어쩔 수 없이 스마트폰으로 기사를 검색해 읽었다. 온라인 기사에는 인터뷰 영상도 실려 있었다. 한 남자가 등장해 증언하고 있었다.

"네, 제가 분명히 봤습니다. 술 취했다는 게 멀리서도 확연히 보였어요."

음성을 변조한 목소리지만 노빈손은 왠지 말투가 낯설지 않다

기사 제목 앞에 [단독]이란 말이 붙어 있네요. 다른 언론(기자)이 미처 파악하지 못한 중요한 사안을, 말 그대로 '단독'으로 포착하여 취재한 기사임을 뜻해요. '특종'과 비슷한 의미인데, 발 빠르고 충실하게 취재해서 결국 사회에 좋은 영향을 미치는 기사여야 진짜 '특종'이라 부를 수 있겠죠?

고 느꼈다. 하지만 얼굴에 모자이크 처리까지 한 상태라서 누군지 알아볼 수는 없었다.

'요즘도 음주 운전을 하는 나쁜 사람들이 있다니! 근데 이 목소리, 어디서 들어 본 것 같은데…….'

운전기사 아들을 다시 만나다

"부장, 일단 경찰에게는 확인하기 어렵습니다. 좀 더 알아보겠습니다."

고생만이 나승진에게 전화로 보고한 후 이내 한숨을 내쉬었다.

"목격자 한 사람 말만 듣고 이렇게 단정적으로 기사를 쓰다니! 거짓말이면 어쩌려고."

"선배, 다른 언론사들 보니까 구라신문 인용해서 기사 쓰던데, 우리도 써야 하는 거 아니에요?"

"아직 아니야. 모든 기사는 당사자의 해명을 듣고 쓰는 게 원칙이야. 멀쩡히 잘 지내는 너랑 여자 친구가 헤어졌다는 주장이 나올 때를 가정해 보자. 네 해명도 듣지 않은 채 덜컥 기사가 나가면 네 기분이 어떻겠어?"

노빈손은 말숙이와의 이별을 상상해 봤다. 순간 아주 묘한 마음이 들었지만, 이러니저러니 해도 말숙이 같은 여자 친구는 없을 것 같았다.

"음…… 역시 보통 문제가 아니겠네요!"

"그렇지. 운전기사가 아직 의식이 없어서 당장은 해명을 들을 수 없으니, 일단 기사 아들한테 좀 더 얘기를 들어 보자고."

고생만과 노빈손은 곧장 경찰서를 빠져나와 택시를 탔다. 경찰 서 앞에는 항상 택시들이 대기하고 있었다. 노빈손은 택시 룸미러 에 비친 자기 모습에 새삼 놀랐다. 고생만과 노빈손의 얼굴은 노숙 자가 아닐까 싶을 정도로 초췌했다. 게다가 아직 한 끼도 먹지 못 했다. 고생만은 반쯤 눈이 감긴 채로 앉아 있었다. 노빈손도 얼마 지나지 않아 잠이 쏟아졌다. 그때 택시 미터기에서 열심히 올라가 는 금액이 눈에 들어왔다.

"아, 선배! 돈 갚으셔야죠. 설마 오늘 택시비도 제가 내야 하는 건 아니죠?"

노빈손의 목소리에 고생만의 눈이 번쩍 뜨였다.

"아! 걱정 마. 아까 카드사에 전화해서 결제 한도 올렸으니까. 좀 이따 인출해서 줄게."

고생만의 대답에도 노빈손은 미심쩍었다. 돈 거래는 가족끼리도 하지 말라는 말이 떠올랐지만, 고생만의 초췌한 얼굴을 보니 더 재 촉할 수는 없었다.

"그건 그렇고요, 선배. 오늘따라 얼굴이 더 어두워 보여요. 원래도 좀 그랬지만."

"에휴, 경찰에서 자꾸 잘 좀 부탁한다고 연락이 와서 귀찮아 죽겠어."

"경찰에서요? 경찰이 왜 선배한테요?"

"내가 경찰에서 부실 수사 했다고 비판하는 기사 쓸까 봐 그러는 거지. 사실 나도 이런 연락 받으면 마음이 불편해. 평소에 관계가 좋던 경찰이면 더 그렇지. 아무래도 사람이다 보니, 친분 있는 사람을 비판하는 건 역시 편치 않은 일이니까. 그렇다고 해서 써야 할 기사를 쓰지 않는다면 기자 자격이 없는 거지."

이런저런 이야기를 하는 사이 어느덧 택시는 목적지에 도착했다. 다행히 고생만의 카드가 제대로 말을 들어서 이번에는 노빈손이 택시비를 내지 않아도 되었다.

운전기사 아들은 자기가 다니는 회사의 1층 카페에서 기다리고 있었다. 고생만과 노빈손이 카페에 들어가자 그는 벌떡 일어나 그들을 맞았다.

"기자님들, 먼 길 와 주셔서 감사합니다."

"별말씀을요, 이게 저희 일인데요. 그나저나 오늘 구라신문 기사 보셨나요?"

고생만의 말을 들은 기사 아들은 흥분하면서 언성을 높였다.

기자에게는 지켜야 할 정신과 자세가 있어요. 그 내용을 정리한 '한국기자협회 윤리강령'에는 10가지 '실천요강'이 있는데, 그중 두 번째 '공정보도' 항목에 '엄정한 객관성을 유지'해야 한다고 적혀 있죠. 친한 사람이라고 해서 기사로 써야할 것을 쓰지 않고 눈감아 준다면 '공정보도'에 어긋나는 거예요.

"너무 황당해서 말이 안 나와요! 저희 아버지는 소주 한 잔만 마셔도 쓰러지다시피 하는 분이라고요."

"예? 근데 그날은 왜 음주를……?"

"그 기사가 잘못된 거라고요. 그런 일은 있을 수가 없어요."

기사 아들의 항변이 한동안 이어졌다. 고생만은 어리둥절한 표정을 지으면서도 열심히 고개를 끄덕거렸다.

아, 건강검진 기록이 있었지!

"아드님, 시간 내 주셔서 감사합니다. 저희도 더 확실하게 알아보겠습니다."

"네, 기자님. 꼭 진실을 밝혀 주세요."

기사 아들과의 짧은 인터뷰가 끝난 후 두 사람은 회사로 돌아가기 위해 다시 택시에 올랐다.

"맞다! 선배, 아까 돈 뽑아서 준다고 하셨잖아요?"

"아, 까먹었다! 기다려 봐. 내가 돈 떼먹을 사람처럼 보여?"

"우리 엄마가 남한테 함부로 돈 빌려주지 말라고 했다고요, 뭐."

노빈손이 투덜거리며 창밖을 내다보니 마치 명절 고속도로처럼 길이 막히고 있었다. 시계를 보니 오후 1시. 화물차와 택배 트럭 등

영업용 차량들이 바쁘게 움직일 시간이었다.

"지금 돈이 문제가 아니라, 오늘 기사 마감 시간이나 지킬 수 있을지 걱정이네."

"무슨 소리예요, 선배. 제 돈이 더 중요하죠! 인터뷰는 할 만큼 했으니, 기사는 이제 그 내용을 정리해서 쓰면 되잖아요."

노빈손의 응석을 여태 잘 받아 주던 고생만이지만, 이때만큼은 정색하며 말했다.

"너야말로 무슨 소리야! 들은 거 그대로 기사를 쓰라니, 그런 말이 어딨어. 사고는 안타깝지만, 아들은 당연히 아버지 편이니까 저 사람 말이 옳다고 단정할 수는 없단 말이야. 몇 번이나 말했잖아, 사실을 잘 확인하고 써야 한다고."

딩동.

고생만이 전에 없이 화를 내고 있는데, 갑자기 스마트폰에서 문자 알림 소리가 들렸다.

"누가 뭘 보냈지? 설마 부장인가?"

고생만이 살짝 긴장하는 표정으로 스마트폰을 꺼냈다.

— 고려일보 건강검진 기한이 일주일 남았습니다. 빨리 검진 받으시기 바랍니다.

"이런! 건강검진 받으러 부랴부랴 가다가 교통사고만 세 번이나 당했는데 또 건강검진이라니. 벌써부터 심장이 떨리네. 난 담배도

기자들에게는 기사 마감 시간이 있어요. 매일 아침에 신문을 발행하는 일간지의 기자들은 대개 저녁 전에 기사를 완성해야 해요. 그래야 편집부에서 늦지 않게 기사들을 편집하고 배열하여 지면을 완성할 수 있기 때문이죠. 이렇게 준비된 기사는 온라인 뉴스에도 오르고, 밤새 인쇄되어 다음 날 종이 신문으로도 발행됩니다.

안 피우는데 뭐 하러 자꾸 이런 걸……."

노빈손은 이상하다는 표정으로 선배를 쳐다봤다. 외모는 골초 같은데 담배를 안 피우다니 의외인걸, 하고 속으로 생각하던 노빈손이 갑자기 무릎을 탁 치면서 외쳤다.

"아, 선배! 아빠가 건강검진 하기 전에 무슨 종이에다가 음주랑 흡연을 얼마나 하는지 적는 걸 본 적 있어요. 검진하는 병원에 적어서 내는 거 같던데, 병원에 가서 그걸 확인하면 평소에 술을 마시던 사람인지 아닌지 알 수 있지 않을까요?"

"오, 그렇겠네! 당장 운전기사가 입원한 병원으로 가 보자. 참, 검진 관련 기록을 확인할 수 있도록 기사님 아들에게 필요한 서류를 준비해 달라고 요청해야겠군!"

고생만은 서둘러 기사 아들에게 전화를 걸어 자초지종을 설명하고, 운전기사의 검진 기록을 열람하는 데 필요한 동의 절차를 준비해 달라고 부탁했다.

"오케이! 노빈손, 네 덕에 일이 잘 풀릴 것 같다. 꼭 이자까지 쳐서 돈 갚을게!"

고생만이 칭찬하자 노빈손은 우쭐한 기분에 눈을 반짝거렸다.

"헤헷, 좋아요! 근데 돈은 언제 주실 거예요?"

"응, 다음 월급날 줄게."

"네에?! 다음 월급날이라니, 너무 늦잖아요!"

사고 원인은 음주 운전이 아니야!

고생만의 칭찬에 의욕이 넘치는 노빈손은, 병원에 도착하자마자 안내 데스크로 달려갔다.

"안녕하세요. 입원 환자 건강검진 차트 좀 보려고 하는데요!"

그때 기사 아들도 병원에 도착했다. 고생만의 전화를 받고는 필요한 서류들을 떼어 급히 달려온 참이었다.

"아, 기자님들. 가족관계증명서 등등 떼어 왔습니다. 아버지가 마침 이 병원에서 건강검진을 하셔서 검진 기록도 여기서 바로 확인할 수 있고, 너무 다행이네요!"

확인 절차를 마친 세 사람은, 잠시 후 검진 관련 기록들을 받아 확인하기 시작했다. 기사가 직접 작성했던 문진표에는, 평소 음주와 흡연을 전혀 하지 않는다고 적혀 있었다. 검진표를 유심히 보던 고생만이 병원 의료진에게 물었다.

"혹시 환자가 거짓으로 적었을 가능성도 있지 않나요?"

"간혹 그런 분도 있긴 한데……. 간과 폐의 상태를 보면 평소 술이나 담배를 즐기는지 바로 알 수 있죠. 검진 결과를 보니까 사실대로 적으신 게 맞네요."

"그래요? 흠…… 그럼 결국 구라신문 기사에 문제가 있는 거군. 아, 선생님. 확인해 주셔서 감사합니다."

고생만은 곧장 나승진에게 전화를 걸었다.

"고객이 전화를 받을 수 없어……."

"아, 이 양반……. 내가 조금만 늦게 전화 받아도 노발대발하면서, 내가 전화 걸 땐 금방 받는 경우가 없단 말이야."

"선배, 그럼 어쩌죠?"

"일단 메신저로 보고하고 바로 기사 쓰지, 뭐. 어차피 부장한테 길게 설명할 시간도 없을 것 같아. 나중에 기사 나온 다음에 설명하자."

운전기사 아들이 회사로 돌아간 뒤, 고생만과 노빈손은 병원 카페로 이동했다. 고생만이 노트북을 열고 키보드를 두드리는 동안, 노빈손은 아이스초코를 홀짝이며 그 모습을 지켜봤다. 평소에는 정신없고 헐렁해 보이지만, 일에 몰두할 때만큼은 어느 곳에서든 집중력을 발휘하는 모습이 멋졌다. 문득 기자에 대해 물어보고 싶은 게 많아졌지만, 노빈손은 우선 고생만이 기사 작성에 집중할 수 있도록 가만히 있었다.

"근데 구라신문은 어쩌다가 그런 오보를 낸 걸까. 나름 자신 있어 보이던데."

고생만은 기사를 쓰다 말고 중얼중얼했다. 그러고는 구라신문 기사를 다시 열어 동영상을 재생했다. 귀를 스마트폰에 바짝 갖다대고 제보자의 목소리에 온 신경을 집중했다.

"아무래도 이상해. 어디선가 들어 본 목소리 같단 말이야."

"그렇죠, 선배? 저도 들어 본 목소리 같아요."

두 사람은 영상을 연거푸 돌려 보며 목소리를 듣고 또 들었다. 들으면 들을수록 낯설지 않은 목소리였다.

"선배, 혹시 저 영상 속 제보자가 거짓말을 할 수도 있는 건가요?"

"가능성이 없는 건 아니지만, 설마 그렇게까지……. 어쨌든 운전기사가 평소 술을 마시지 않는다는 건 우리 나름대로 확인했으니, 어서 기사부터 마무리하자고."

고생만은 다시 집중하며 키보드를 열심히 두드렸다.

"휴~ 이런 민감한 내용 쓸 때마다 항상 긴장이 된다니까."

고생만은 30분 만에 기사를 완성해 송고했다. 노빈손이 시계를 보니 오후 6시 정각. 오늘은 다행히 야근을 안 해도 될 것 같았다. 이마에 땀방울이 맺힌 고생만도 미소를 짓는 찰나, 문자 알림음이 울렸다. 나승진의 메시지였다.

― 그래. 사실은 내가 너한테 힌트를 주려고, 회사 관리팀에 얘기해서 건강검진 문자 보내라고 한 거야. 기사는 내가 보고 바로 내보내지.

"맨날 도움도 안 되면서 숟가락만 얹으려고 한다니까……."

고생만의 혼잣말이 채 끝나기도 전에, 그의 기사가 고려일보 홈페이지 맨 위에 올랐다.

김정열 의원 운전기사, 평소 술 마시지 않는 것으로 밝혀져

고생고생해서 쓴 기사가 머리기사로 올라가는 순간이었지만, 고생만은 기뻐하기는커녕 조금 짜증 난 표정을 지었다.

"내가 보낸 기사에서 수정된 게 하나도 없네! 부장은 대체 데스킹을 하긴 한 건가?"

 # 귀재의 두 번째 제보

한편 지하실에서는 귀재가 콧노래를 부르며 가면을 벗고 있었다.

"역시 완벽한 변장이었어! 자, 얼마나 좋은 기사가 나왔는지 한번 볼까."

귀재는 스마트폰을 꺼냈다. 그런데 이게 웬일? 포털 사이트 뉴스 코너에는 자기가 제보한 내용을 다룬 구라신문 뉴스가 아닌, 고생만이 쓴 고려일보 기사가 걸려 있었다.

"어, 이거 뭐야!"

귀재가 손을 부들부들 떠는데 구라신문 기자에게서 전화가 왔다.

"여보세요? 어이, 귀재 씨. 확실하다면서요?"

"어…… 나는 사실대로 얘기했는데…… 나한테 따지면 안 되지!"

귀재는 기자의 말을 듣지도 않고 전화를 끊어 버렸다. 안절부절
못하며 방 안을 돌아다니는데 또 다른 전화가 걸려 왔다.

"아! 네, 보스! 이 시간에 어쩐 일로……?"

"어쩐 일이긴! 너 이 자식, 일 처리 똑바로 안 해? 최 의원님이 잘
돼서 대통령까지 올라가야 우리도 국정원 접수해서 한자리할 수
있는 거 몰라?"

"네, 네, 죄송합니다! 이번에는 정말 제대로 처리하겠습니다. 한
번만 더 믿어 주십시오!"

"확실히 할 거야?"

"네, 확실히 하겠습니다! 고생만 그 자식, 저도 예전부터 꼴 보기
싫었습니다. 다시는 그딴 기사 쓰지 못하게 단단히 해 두겠습니다."

귀재는 벌벌 떠는 목소리로 겨우 이야기를 끝내고 전화를 끊었
다. 긴장이 풀린 귀재가 겨우 자리에 앉아 심호흡을 하는데 다시
구라신문 기자에게서 전화가 왔다.

"이봐, 귀재 씨. 전화를 그렇게 막 끊으면 어떡합니까! 장난해요,
지금?"

"아, 됐고! 내가 진짜 확실한 동영상 하나 보낼 테니까 참고하셔.
보고도 못 믿겠으면 직접 경찰서에 가서 CCTV 확인해 보시든가."

"네? 무슨 동영상인데요?"

"지금 이메일로 보낼 테니까 직접 확인해 보셔."

"아니, 뭔지 이야기를 해 줘야……."

귀재는 덜컥 전화를 끊고 구라신문에 이메일을 보냈다. 그러면서 누군가 훔쳐보지는 않는지 계속 주위를 두리번거렸다.

"숨어 사는 게 이쪽 일 하는 사람들의 숙명이라지만, 참 못 해 먹겠군."

새로운 증거

기사를 송고하고 병원에서 나온 고생만과 노빈손은 배가 무척 고팠다. 둘은 묻지도 따지지도 않고 눈앞에 있는 식당으로 홀린 듯 들어갔다.

"내가 살 테니까 먹고 싶은 거 아무거나 골라. 난 설렁탕."

"아이 참, 선배가 먼저 설렁탕을 시켜 버리면 제가 더 비싼 걸 못 시키잖아요. 도가니탕 곱빼기로 먹고 싶었는데……."

"하하! 뭘 그런 걸 눈치를 봐. 시켜, 시켜."

"흥! 됐고요, 저는 지금 몸에서 열이 나니까 시원한 콩국수 곱빼기로 먹을게요."

"그래그래. 사장님, 여기 설렁탕하고 콩국수 곱빼기요!"

지쳐 있던 둘은 잠시 넋을 놓고 있다가, 음식이 나오자 그제야 몸을 움직였다. 고생만은 설렁탕에 소금부터 뿌리고 한 숟갈 떴다.

"퉤퉤. 이거 맛이 이상한데?"

"왜요, 선배? 괜찮아 보이는데요?"

"설렁탕에서 왜 단맛이 나지?"

"단맛이요? 어, 선배! 이거 소금 통이 아니라 설탕 통이잖아요."

"앗, 이럴 수가!"

고생만은 얼굴을 있는 대로 찡그리면서도, 음식을 다시 시키기는 싫어서 단맛이 나는 설렁탕을 꾸역꾸역 먹었다. 그때 갑자기 나승진에게서 전화가 왔다.

"예, 부장."

"야, 고생만! 너 기사 제대로 쓴 거야? 음주 운전 맞다잖아."

"네? 어떻게 된 거지? 확실히 취재해서 쓴 건데……."

고생만은 단 설렁탕을 먹고 꼬인 혀를 억지로 붙잡으며 말했다.

"구라신문 기사는 보고 그런 소리 하는 거야, 지금? 정정보도 내야 할지도 모르니까 사과문이나 미리 써 놔!"

나승진이 전화를 끊자, 고생만은 스마트폰으로 구라신문 홈페이지에 들어갔다.

"대체 무슨 기사가 나왔길래 난리지?"

구라신문 홈페이지에는 새로운 메인 기사가 걸려 있었다.

다시 불거진 음주 운전 의혹, 사고 직전 자동차 흔들거려

고생만은 입에 남은 단맛을 잊고 기사를 클릭했다. 기사에는 김정열 의원의 차가 좌우로 흔들리는 순간을 담은 동영상이 첨부돼 있었다. 누가 봐도 정상적인 운전이 아니었다. 고생만은 동영상만 보고 기사는 읽지도 않은 채 경찰서에 전화를 걸었다.

"경정님. 저 고생만 기자인데요. 방금 올라온 구라신문 기사, 맞

언론은 최대한 정확한 내용을 기사에 담고자 하지만, 이따금 그릇된 기사를 내는 실수를 할 때도 있어요. 기사에 언급된 사람이 억울함을 느낄 때는 그 언론사에 '정정보도'를 요구할 수 있지요. 언론사와 의견이 부딪칠 때는 '언론중재위원회'를 통해 도움을 받을 수도 있고요.

는 거예요?"

"아, 고 기자. 우리도 CCTV 확인해 봤는데, 사고 직전에 흔들거린 게 맞긴 맞네."

전화기 바깥으로 한숨 섞인 경찰관의 대답이 들렸다.

"이럴 수가! 그럼 제 취재원들이 저한테 거짓말을 한 거예요?"

"남의 일이라 함부로 얘기하긴 그렇지만, 아무래도 그런 거 같은데?"

"아아…… 네, 일단 알겠습니다."

고생만이 멍한 표정으로 천장을 쳐다봤다. 그때 고생만의 스마트폰에 문자 알림음이 울렸다. 나승진에게서 온 메시지였다.

— 너 때문에 나 국장 승진 못 하면 너도 평생 차장 못 달 줄 알아라! 너튜버들이 올린 영상 보면, 걔들이 너보다 더 취재를 잘하는 것 같아!

"아니, 자기는 기자 생활 하면서 오보 한 번 안 낸 것도 아니면서……. 그리고 왜 남하고 비교하는 거야."

"그러게요, 선배. 너무 마음 쓰지 마세요. 근데 요새 너튜버들도 나름대로 열심히 취재하더라고요. 제가 좋아하는 대수족관 님도 그렇고……."

노빈손이 너튜버 대수족관 이야기를 하다가, 뭔가 생각난 듯 반짝이는 자기 민머리를 탁 쳤다.

"선배, 대수족관이라는 유명한 너튜버 아시죠? 제가 그 사람을 좀 아는데요, 얼마 전에 북악스카이웨이 근처로 이사 갔다고 했어요. 한번 찾아가 보는 거 어때요? 이미 목격자 인터뷰를 했으니 소용없을까요?"

"엇, 네가 그 유명한 너튜버를 안다고? 이야, 의외인데? 사고 발생 시간이 밤늦은 때라 목격했을 가능성은 희박하지만, 그래도 일단 가 보자. 기자는 최대한 많은 사람을 만나는 게 중요해."

고생만이 자리에서 벌떡 일어났다.

"선배, 먹던 밥은 마저 먹고 가야죠."

"맛도 없는 걸 뭐 하러 계속 먹어? 시간 없으니 어서 가자."

"아니, 선배 설렁탕은 설탕을 쳐서 맛이 없는 거고, 저는 잘 먹고 있는데……."

고생만은 노빈손의 말이 들리지 않는지 후다닥 식당 문을 열고 나섰다. 노빈손은 콩국수를 크게 한 젓갈 입에 욱여넣고는, 입가에 면발을 휘날리며 서둘러 고생만을 따라갔다.

대수족관을 만나다

한창 사람들이 퇴근하는 시간. 큰길로 나가 보니 도로에 차가 꽉 차 있었다. 한참 만에 겨우 빈 택시를 잡아 탄 고생만과 노빈손은 뒷좌석에 무거운 몸을 나란히 실었다.

"퇴근 시간이라 택시 잡기 쉽지 않으셨죠? 자, 어디로 모실까요?"

"노빈손, 거기 주소가 어떻게 되지?"

"아, 기사님. 종로구 부암동으로 가 주세요."

퇴근길 정체는 대단했다. 택시는 한 시간 반도 더 걸려서 대수족관의 집 앞에 도착했다. 졸다 깨다 반복하던 두 사람은 비몽사몽 택시에서 내렸다. 산 중턱에 자리한 고급 빌라촌. 고생만과 노빈손이 주위를 둘러보니 인기척이 전혀 없었다. 도로와 집 몇 채 말고는 아무것도 없어서, 혼자 밤에 돌아다니기 무서울 것 같았다. 노빈손은 얼른 초인종을 눌렀다.

"누구세요?"

"대수족관 님! 저예요, 노빈손!"

"와~ 빈손 님! 드디어 오셨네요. 근데 이 시간에 어쩐 일로⋯⋯. 일단 어서 들어오세요."

대수족관이 반가운 인사와 함께 노빈손을 맞았다. 집에 들어서는 순간 화려한 조명이 노빈손을 감쌌다. 집 안팎 곳곳에는 카메라가 있었고, 두 사람이 현관에서 신발을 벗자 카메라 앵글도 그들의 움직임을 따라 움직였다.

"와! 집이 엄청 좋아 보이는데요? 카메라도 엄청 많네요."

"아, 제가 너튜버라서 집에서도 수시로 영상을 찍잖아요. 저건

특수 카메라인데, 제가 조작하지 않아도 스스로 움직여서 사람들의 모습을 찍어 줘요. 근데 같이 온 이분은 누구……?"

대수족관이 고생만을 바라보며 물었다.

"아, 이분은 고생만 기자라고, 제 선배예요. 제가 지금 고려일보에서 인턴 기자를 하고 있거든요."

"고려일보요? 앗, 그럼 빈손 님이 기자였어요? 헐~ 제가 몰라 뵙고……."

"대수족관 님 안녕하세요. 고생만 기자라고 합니다. 초면에 불쑥 찾아뵈어 죄송합니다. 사실 김정열 의원 사고를 취재 중인데, 빈손이가 대수족관 님을 잘 안다고 해서요."

"김정열 의원요? 아, 제 너튜브 영상을 보셨군요."

"네? 아, 네……. 사고 장소가 바로 근처더라고요. 여기보다 좀 위쪽이긴 하지만."

"그렇더라고요. 근데 어쩌죠, 기자님. 저도 직접 목격한 게 아니라서……. 그나저나 저도 김정열 의원님 좋아하는데, 너무 안타까워요."

고생만은 대수족관에게 쉴 틈을 주지 않고 말했다.

"어? 김정열 의원을 좀 아시나요?"

"김정열 의원님을 아는 건 아니지만, 의원님 차를 모는 운전기사님은 좀 알아요. 예전에 제 영상에 출연하신 적이 있거든요. 운전기사의 일과를 따라가 본 영상이었는데, 그 영상 촬영 관련해서 몇 번 더 만나기도 하고 이야기도 많이 들었죠."

대수족관의 말에 고생만과 노빈손은 눈을 동그랗게 뜨며 서로를 쳐다봤다. 평소 목소리가 작은 편이던 고생만이 갑자기 목소리를 높여 대수족관에게 물었다.

"의원님의 운전기사 분을 아신다고요? 사실 지금 그분이 음주 운전 혐의를 받고 있거든요. 그 때문에 사고가 났다고……. 근데 그분 아들은 평소 아버지가 술을 전혀 마시지 않았다고 해요."

"아, 맞아요. 제가 고마워서 술 한잔 같이하시자고 몇 번이나 권했는데, 기사님은 술을 전혀 못 한다며 한사코 거절하셨어요. 국민을 대표하는 분을 모시는 사람이라 늘 조심하며 산다고 하셨고요. 그렇게 성실한 분이 음주 운전을 했을 리가요!"

대수족관은 손을 휘휘 저었다. 노빈손이 스마트폰을 꺼내 구라 신문 기사에 실린 동영상을 보여 줬지만, 대수족관은 고개를 절레 절레 저었다.

"그럴 분이 아닌데……."

"그럼 차가 왜 흔들거렸을지 짐작 가는 건 없으세요? 아니면 그 시간대에 이 동네에 있었던 특이한 일이라든지……."

의문을 풀고 싶은 고생만은 다그치듯 질문을 쏟아 냈지만, 대수족관은 딱히 아는 게 없었다.

"글쎄요, 제가 자동차 전문가가 아니라서 도무지 모르겠네요. 한창 곤히 자고 있던 때라 주변에 무슨 일이 있었는지도 모르겠고요. 죄송해서 어쩌죠? 참, 일단 여기 앉아서 커피 한잔 들면서 말씀 나누시죠."

고생만은 커피를 홀짝이면서도 대도서관에게 이것저것 계속 물었고, 노빈손은 지루하다는 듯 집 여기저기를 기웃거리며 구경했다. 그러다 보니 어느덧 밤 9시가 넘었다. 고생만은 아쉬움이 남았지만 계속 앉아 있을 수는 없었다.

"늦은 시간에 실례가 많았습니다. 저희는 이만 가 볼게요."

"아, 제가 지금 콜택시 부를게요. 한 5분이면 올 거예요. 도움이 되지 못해서 죄송하네요."

"별말씀을요! 불쑥 찾아왔는데도 반갑게 맞아 주서서 정말 감사합니다."

현관문을 열고 집 앞으로 나선 고생만이 허리 숙여 인사를 했다. 길가에 늘어선 으리으리한 집들을 구경하던 노빈손이 고생만을 따라서 허둥지둥 허리를 숙였다. 그러다가 갑자기 휘청하더니 엉덩방아를 찧었다.

"아이쿠, 내 궁둥이야!"

노빈손이 넘어진 바닥에는 미끌미끌한 갈색 액체가 곳곳에 흘러내려 있었다.

"어, 이건 뭐지? 무슨 미끄러운 액체가……."

"괜찮으세요? 아, 맞다! 어제 집 앞 길바닥에 이상한 액체가 흘러내려 있었는데 아직도 남아 있었나 보네요. 사실 이것도 영상에 넣을까 했는데요, 교통사고 난 곳과 좀 떨어져 있어서 관련이 없을 것 같아 관뒀어요."

"흠, 그러게요. 사고 장소는 이 골목 저 끝에 도로랑 만나는 곳이라 거리가 좀 있는데…….

"저 위 도로에서 흘려내려 온 걸까요?"

고생만은 노빈손이 넘어져 있는 길바닥에 손가락을 댔다.

"흠, 이 정도면 자동차도 너끈히 미끄러지겠는데……. 대수족관

님, 이게 언제 흘러내렸다고 하셨죠?"

"어제 낮에 본 거니까 어제 새벽이었을 거 같은데, 정확히는 모르겠네요. 어, 저기 택시 오네요."

고생만은 의미심장한 표정을 지으며 택시에 올라탔다. 바닥에 드러누워 엄살을 피우던 노빈손은 대수족관의 부축을 받으며 일어서서 택시에 올랐다.

 ## 새로운 단서

"기사님, 종로경찰서로 가 주세요."

노빈손은 깜짝 놀라 고생만에게 말했다.

"아니, 선배. 경찰서라뇨? 지금 시간이 한참 늦었는데……. 설마 오늘도 퇴근 못 하는 건가요?"

"다른 언론사에서 눈치채기 전에 빨리 알아봐야 해. 시간이 없다고."

"아이고오~ 궁둥이도 쑤시는데 퇴근도 못 하다니!"

평소 같았으면 이 시간대에 침대에서 뒹굴뒹굴하며 연예 기사를 보고 댓글을 쓰고 있었을 노빈손. 과제를 하느니 잠을 택하던 자신이, 이제는 일 때문에 쉬지도 못하다니……. 노빈손은 입이 삐

죽 나왔지만 고생만은 신경도 쓰지 않는 눈치였다.

잠시 후 택시에서 내린 두 사람이 허겁지겁 경찰서 정문에 들어서자, 초소에 있던 경찰이 길을 막으며 물었다.

"어떻게 오셨습니까?"

"저 고려일보 기자입니다. 취재차 방문했습니다."

"앗, 죄송합니다. 제가 온 지 얼마 안 돼서……."

"아이고, 별말씀을요. 지금은 급하니까 인사는 나중에 하죠."

고생만은 경찰서에 들어서자마자 교통조사계로 향했다. 경찰서 내부 구조를 모르는 노빈손은 고생만 뒤를 졸졸 쫓아갔다.

헝클어진 머리를 하고 팔자걸음으로 뛰어가는 고생만은 평소에는 어수룩한 동네 형 같아 보였지만, 일에 집중할 때 그의 눈빛은 돌변했다. 교통조사계로 들어가 보니 경찰관이 열심히 모니터 화면을 보고 있었다.

"오, 계장님 아직 계셨군요. 이 시간에 퇴근도 안 하시고."

"어, 고 기자 무슨 일이야? 다른 기자들 지금 운전기사 가족 취재한다고 다 나갔는데."

고생만과 계장은 자주 본 사이인지 반갑게 인사했다.

"저희는 이미 취재하고 왔죠. 그나저나 뭘 그렇게 보고 계세요?"

"아, 김정열 의원 사고 장소 근처에 있는 방범용 CCTV의 녹화 영상이야. 사고 영역 밖이어서 이 CCTV까진 확인을 안 했었는데,

경찰관하고 엄청 친해 보이죠? 앞서 얘기했듯 사회부 기자들은 경찰서에서 오랜 시간을 보내다 보니 자연스레 경찰관들과 친분을 맺게 돼요. 하지만 그러면서도 적당한 거리를 두며 긴장 관계를 유지해야 하죠. 웃으며 인사를 건네지만, 중요한 기삿거리 뭐 없나 호시탐탐 엿보고 있달까요.

혹시나 해서 내가 막 들여다보던 참이거든. 사고 나기 조금 전에 촬영된 건데, 좀 이상한 장면이 보이는군. 자, 집중해서 봐 봐. 빗길이라 정확히 식별되지는 않는데, 차 한 대가 지나가고 나서 도로 바닥이 희미하게 얼룩덜룩해지는 거, 보여?"

영상을 계속 되감기 하며 뚫어지게 들여다보던 고생만은 잠시 후 고개를 끄덕였다.

"맞네요. 희미하지만 제 눈에도 보여요. 비가 들이칠 텐데 이상하게 창문도 열고 있고 말이죠."

"그렇지, 고 기자?"

"네. 비가 오는데도 안 씻겨 내려가고 있는 걸 보면 꽤 찐득찐득한 성분인 거 같은데요? 오! 그러고 보니 이거 아까 대수족관 집 앞에서 본 거랑 비슷한데……. 빈손아, 네가 보기엔 어때?"

반쯤 감긴 눈으로 화면을 보고 있던 노빈손은 깜짝 놀라며 대답했다.

"네? 선배, 저 안 졸았는데요? 아, 이거! 맞다! 그때 경찰서 브리핑 미치고 시고 현장 갔을 때 찍어 놓은 시진이 있는데, 확인헤 볼까요?"

노빈손은 얼른 스마트폰을 꺼내 사진 앱을 열어 보았다. 말숙이한테 보여 주려고 일부러 스키드마크가 잘 보이게 찍어 놓은 사진들이었다.

"어? CCTV에 찍힌 얼룩이랑 사진 속 얼룩이랑 비슷한 거 같은 데?"

사진을 자세히 보니 스키드마크 주변 바닥에 얼룩이 보였다. 말숙이한테 자랑하려고 급히 찍어 놓고는 다시 열어 보지 않았던 터라, 노빈손도 그 흔적은 까맣게 잊고 있었다.

"너, 이 사진들은 언제 다 찍은 거야? 나도 깜빡했는데. 잘했어!"

고생만은 노빈손과 모니터를 번갈아 보면서 난제를 풀어내기라도 했다는 듯 칭찬했다. 별생각 없이 내놓은 사진에 고생만이 이렇게 기뻐하니, 노빈손은 어안이 벙벙했다. 자꾸 올라가는 입꼬리를 애써 내리며 진지한 표정을 지으려 했다.

"뭐야, 고 기자. 뭘 좀 알고 있는 거야?"

고생만이 들떠서 이야기하자 계장이 의아해하며 물었다.

"저…… 사실은 저희가 좀 전에 현장 근처에 취재를 갔다가 비슷한 걸 봤거든요. 엄청 미끄럽던데……. 이거 아무래도 김정열 의원 사고와 관련 있을 거 같은데요?"

"음, 그렇다면…… 혹시 그건가? 큰 자동차도 미끄러지게 할 수 있다는 슈퍼 기름? 근데 그거 너무 위험해서 판매하지 못하게 돼 있는 건데."

"맞다, 슈퍼 기름! 그거 한동안 바닥에 끈끈하게 붙어 있다가 시간이 지나면서 점점 흘러내린다고 하던데. 그러면서도 미끄러운 성분은 꽤 오래 유지된다죠, 아마? 빈손아, 이거 당장 보고하고 기사 써야겠다!"

고생만은 뿌듯한 표정으로 교통조사계를 빠져나와 나승진에게 전화를 걸었다.

"부장, 새로운 단서를 찾았습니다! 김정열 의원 사고요, 테러 가능성이 있어요."

"뭐, 테러? 확실해?"

나승진은 자다가 일어났는지 만사 귀찮은 목소리로 대꾸했지만, 고생만은 확신에 찬 목소리로 말했다.

"정황을 볼 때 확실합니다. 증거 영상도 있고요. 그리고 현장 인근에 사는 대수족관이라는 너튜버를 좀 전에 만났는데, 그 사람이 증거 관련해서 증언해 줄 수도 있을 거 같습니다."

"그래, 알았어. 사실 내가 너한테 힌트를 주려고, 아까 일부러 너튜버랑 너랑 비교했던 거야, 껄껄! 퇴근해서 귀찮긴 한데 특별히 지금 데스킹 봐 줄 테니까 빨리 기사 써서 보내."

통화가 끝나지마자 고생만이 달리기 시작했다.

"빈손아, 빨리 기자실로 가자."

"아, 힘든데 왜 자꾸 뛰는 거예요, 선배! 헉헉! 근데, 헉헉! 부장이 뭐래요?"

"아, 그 양반 또 숟가락 얹으려고 하지, 뭐!"

기자실에 도착해 고생만이 노트북으로 기사를 쓰는 동안, 노빈손은 과자로 빈속을 달래며 생각에 잠겼다. 문득, 늘어지게 쉬어 본 게 언제인가 싶었다. 하지만 왠지 침대에서 뒹굴며 스마트폰을 들여다보는 것보다는, 정신없는 이 인턴 기자 생활이 힘은 들어도 좀 더 재미있는 것 같다는 생각이 어렴풋이 들었다.

고생만이 기사를 쓰기 시작한 지 약 30분 후, 고려일보 홈페이지에 새로운 기사가 올라왔다.

[단독] 김정열 의원 교통사고, 테러 가능성 확인돼

고생만은 자기 기사가 메인에 올랐는데, 이번에도 좋아하기는커녕 얼굴이 붉으락푸르락했다.

"거참, 이번에도 내가 쓴 기사랑 달라진 게 하나도 없잖아! 나 부장 이 양반은 데스킹을 보는 거야, 마는 거야?"

"선배, 그래도 큰 소득이 있었잖아요! 기분도 좋은데, 우리 오늘은 이쯤에서 퇴근하는 거 어때요?"

"어? 어어, 그럴까? 그래 기분이다, 빈손이 너는 퇴근해. 대신 내일 제때 출근해야 해."

"크크크, 네! 지각쟁이 선배도 내일은 지각하시면 안 돼요!"

기사 반응 대폭발!

알람이 울리자 노빈손은 반사적으로 스마트폰을 더듬어 찾았다. 흐린 눈으로 시간을 보니 오전 8시. 이번에도 지각하기 직전이지만 몸이 말을 듣지 않았다. 어제 대수족관 집에 들렀다가 밤늦게 경찰서까지 다녀왔으니 피곤할 수밖에 없었다.

"아이고, 알람 시간을 더 일찍 맞춰 놓을걸!"

노빈손은 부랴부랴 고양이 세수를 하고는 어제 입었던 옷을 꺼냈다. 갈색 얼룩이 덕지덕지 묻어 있었다. 닦아 내려 할수록 더 지저분하게 번졌다. 어쩔 수 없이 하나뿐인 양복을 던져 놓고 다른 옷을 찾았다. 옷을 고르고 있을 짬이 없었지만, 알몸으로 출근할 수는 없는 노릇이었다. 평소 같으면 손에 잡히는 대로 입었겠지만, 이제 노빈손은 어엿한 직장인이었다.

'그래, 기자가 추리닝을 입고 갈 순 없지!'

옷장 앞에서 고민하던 노빈손은 결국 출근 시간에 10분 늦고 말았다.

'어쩌지? 부장한테 크게 혼나겠는데.'

사무실 문 앞에서 한숨을 크게 내쉬고는 사무실에 들어섰다. 온갖 불쌍한 표정으로 우물쭈물하며 나승진에게 인사했다.

"부장, 죄송합니다. 어제 늦게까지 일을 해서 조금 늦잠을 잤어요."

"어, 노빈손 왔어? 괜찮아, 괜찮아! 바삐 취재하러 다니는 기자가 출근 시간에 조금 늦을 수도 있는 거지. 노 인턴 덕분에 우리 사회부 위상도 살아났는데. 어젠 수고 많았어! 오늘은 좀 쉬엄쉬엄 일하라고."

노빈손은 예상치 못한 나승진의 반응에 어리둥절했다. 그때 뒤쪽에서 수군수군하는 목소리가 들려왔다.

"들었어? 저 어리바리한 인턴이 어제 한 건 했다던데?"

"그러게, 겨우 이틀 일한 인턴이 저런 큰 건을 물다니."

노빈손이 어안이 벙벙해서 서 있는 사이, 고생만이 나타나 노빈손의 어깨를 툭 쳤다.

"빈손, 어제 우리가 쓴 기사에 달린 댓글 좀 봐 봐. 잘하면 기자 연맹에서 주는 특종상도 받을 수 있겠는걸."

"네? 정말요?"

노빈손이 스마트폰을 꺼내 기사를 읽었다. 바이라인에는 '고생만 기자'와 '노빈손 인턴 기자'가 나란히 올라가 있었다. 기사 밑 댓글란에는 '그렇다면 진실은 대체 뭐냐?' '권언 유착 하고 있는 거 아냐?' 등등 아주 많은 댓글이 올라 있었다. 포털 사이트에서 검색하니 고려일보를 인용한 기사가 수십 개 넘게 보였다.

노빈손이 아직도 어안이 벙벙한 표정을 짓자 나승진이 호탕하게 웃으며 말했다.

신문이나 잡지 기사에는 그 기사를 쓴 기자의 이름이 들어가는데요, 이렇게 기자 이름을 밝혀 적은 것을 바이라인(by-line)이라고 불러요. 신문이나 인터넷에 실린 기사의 제목 바로 아래, 또는 기사의 끝에서 바이라인을 볼 수 있어요.

"껄껄! 이 친구들, 잘하긴 했는데 사실 내가 다 설계해 놓은 대로 밟아 나간 거지, 뭐. 아무튼 수고했으니 오늘 밤에는 한우나 먹으러 가자고!"

그날 밤, 고생만과 노빈손은 나승진을 따라 고깃집으로 향했다. 그 자리에는 다른 부서 기사들도 몇몇 있었다. 오랜만에 소고기를 먹을 생각에 노빈손은 심장이 쿵쾅거렸다. 점심 때 삼각김밥 하나만 먹어서 위장도 충분히 비어 있고, 하루 종일 앉아만 있다가 온 터라 컨디션도 최상이었다. 오늘 저녁은 먹방 너튜버들 저리 가라 할 정도로 먹어 주리라 다짐했다.

"내가 짜 둔 계획대로 자네들이 잘 따라온 덕에, 내가 차기 국장 승진도 가능할 것 같다. 하하하! 노빈손, 소감 한번 얘기해 봐라."

하루 종일 상상도 못 한 대접을 받자 노빈손에겐 뭔지 모를 자신감이 솟았다. 문득 공부 못한다고 말숙이한테 구박받던 날들이 생각나, 보란 듯이 잘난 척을 해 보고 싶었다.

"제가 좀 열심히 하긴 했죠. 아무래도 전 기자로 크게 성공할 것 같아요. 하하!"

고생만은 근거 없는 자신감으로 가득 찬 노빈손을 걱정스러운 듯 바라보다가, 이내 식당 한쪽에 있는 TV로 시선을 돌렸다. 마침 김정열 의원 사고에 관한 뉴스가 나왔다.

"안녕하십니까. B당 대변인입니다. A당 김정열 의원에 대한 테러 의혹이 제기되었습니다. 이것이 사실이라면, 국민을 대표하는 국회에 대한 도전입니다. 정치인을 대상으로 한 테러는 있어서는 안 되는 끔찍한 일입니다. 우리 B당은 당의 구분을 넘어, 국민과 한마음이 되어, 이번 사건의 진실이 신속히 밝혀지길 바랍니다."

뉴스를 보고 더욱 신이 난 노빈손은 다시 한번 잘난 척하며 큰소리로 외쳤다.

"어? 제가 취재한 기사 내용에 국회의원들도 전부 난리네요! 하하! 선배, 함께 취재한 동료로서 저한테 칭찬 한 번만 해 주세요. 대수족관 님을 만나 보자고 한 것도 저고, 현장 사진을 잘 찍어 둔 것도 저고……. 선배는 기상 알람 시간을 늦게 맞추거나 하시고."

"하하! 이 녀석, 술도 안 마시고는 취한 사람처럼 왜 그래. 잘한 건 잘한 건데, 너무 들뜨지는 말라고. 너무 특종, 특종 하지도 말고. 예전에 유명 기자가 되고 싶어서 계속 특종만 쫓다가 대형 오보를 내서 큰일 날 뻔한 녀석도 있거든. 그리고 너무 한 사람 말만 믿지 말고……."

고생만은 노빈손을 향해 선 채 박수를 치면서 말을 했지만, 고개는 살짝 나승진을 향해 있었다. 마치 부장 들으라고 하는 소리라는 듯. 나승진도 뭔가 찔렸는지 고생만이 더 이야기를 하려 들자 급하게 말을 잘랐다.

"자, 자, 생만아. 오늘은 칭찬만 해 주자고. 큰일 한 후배한테 군

소리는 뭐 하러 해?"

고생만은 나승진에게 오묘한 미소를 띠며 "네" 하고는 노빈손에게 말했다.

"그래, 빈손아. 아무튼 이번 일은 정말 수고 많았다. 앞으로도 잘해 보자!"

한편 의문의 지하실에서는 귀재가 떨리는 손으로 신문을 보며 식은땀을 흘리고 있었다. 잠시 후 전화벨이 울리자 떨리는 손을 겨우 진정시키며 전화를 받았다.

"야, 이 자식아! 이번에는 확실하다며?"

전화기 너머에서 불호령이 떨어지자 귀재가 떨리는 목소리로 답했다.

"보스, 정말 죄…… 죄송합니다! 고생만 그 녀석, 혼자 이렇게까지 캐고 다니지는 못하는 놈인데……. 서둘러 다음 계획을 실시하겠습니다!"

나승진의 특별 교육

어제 비싼 한우를 먹은 탓일까. 컨디션이 팔팔해진 노빈손은 알람이 울리기도 전에 눈을 떴다. 좀처럼 하지 않던 아침 샤워를 하고, 천천히 옷을 골라 입었는데도 오전 7시 30분이었다. 초등학교 입학 이후로 이렇게 여유로운 아침은 처음 맞아 보는 것 같았다.

"부장, 안녕하세요!"

출근 첫날 쭈뼛쭈뼛하던 모습은 사라지고, 고참 기자마냥 목소리에 힘이 들어갔다. 나승진도 웬일인지 흔쾌히 대답했다.

"어, 노빈손. 좋은 아침이다! 참, 까먹기 전에 잠깐 회의실에서 얘기 좀 할까?"

'앗, 뭔가 상이라도 주려고 그러시나…….'

노빈손은 속으로 김칫국을 한 사발 들이켜고는 나승진을 따라 회의실로 들어갔다.

"너도 슬슬 기자 생활에 익숙해지는 모양이구나. 하지만 아직 갈 길이 멀었어."

"네? 제가 뭘 또 배워야 하나요?"

어깨에 힘이 잔뜩 들어간 노빈손은 거만한 말투로 물었다. 인턴 기자가 그 어렵다는 특종까지 했으니 더 이상 배울 게 없다고 착각하고 있었다.

"하하, 고 녀석 맹랑하긴. 됐고, 내가 첫날 기자의 3대 자세에 대해 얘기했지? 남의 돈으로 밥 먹는 건 그때 보여 줬고, 이제 기삿거리 받아 내는 법과 팩트를 만드는 법을 가르쳐 줄 차례다."

나승진은 오랜만에 수제자라도 만난 듯 노빈손의 민머리를 쓰다듬어 줬다. 20년 동안 기자 생활을 하면서 자신과 비슷한 캐릭터의 기자를 만난 건 처음이었다. 벗겨진 머리에 잘난 척하는 모습, 게다가 거만한 자세까지. 나승진의 태도에 노빈손은 기분 좋으면서도, 한편으로는 찝찝한 마음이 들었다. 왠지 일이 너무 술술 잘 풀린다는 생각도 얼핏 들었다.

'어제 선배가 너무 한 사람만 믿지 말라고 했는데……. 맞아. 돌머리도 두드려 보고 만나라고 했…… 아니 아니, 돌다리도 두드려 보고 건너라고 했지. 그래, 고생만 선배랑 상의해 보자.'

"아, 부장. 근데 저 오늘 고생만 선배하고 추가 취재 하러 가기로 했는데요."

"야, 그건 경찰이 할 일이야. 우린 이제 경찰 발표나 받아쓰면 돼. 그리고 생만이가 일은 잘 못해도 그동안 먹은 기자 짬밥이 있어서 혼자서도 충분히 할 수 있어."

"그래도 선배가 저 기다릴 텐데요."

"걱정 마. 생만이한테 다 얘기해 뒀어. 오늘 빈손이 나랑 다른 일 하러 갈 거라고. 일단 따라오라고."

나승진이 뒤도 돌아보지 않고 밖으로 나가자 노빈손은 마지못
해 따라 나갔다. 두 사람은 회사 앞에서 택시를 잡아탔다. 나승진
은 익숙한 듯 조수석에 앉아서 등받이를 뒤로 한껏 젖히고는, 침대
에 눕듯 몸을 눕혔다.

"아~ 좋다. 어이, 기사 양반. 사랑그룹 본사로 갑시다."

"저, 손님. 죄송하지만, 의자를 너무 눕혀 놓으시면 다음 손님이
탈 때 불편할 수 있으니 조금만 세워 주시면 안 될까요?"

택시 기사의 요구에 나승진은 잠시 눈을 흘겼지만, 말싸움하기

귀찮았는지 의자를 조금 세우는 척했다. 잠시 후 택시가 목적지에
도착하자 나승진은 카드를 척 꺼내 요금을 결제했다.

"아~ 어차피 회사 취재비 쓰는 거, 모범택시를 탔어야 하는데."

기삿거리는 받아 내는 것?

두 사람은 사랑그룹 본사 1층에 있는 기자실로 들어갔다. 독서
실처럼 책상과 의자가 있었고 한쪽에는 수면실과 휴게실도 있었
다. 휴게실에 들어가 보니 커피와 과자가 갖춰져 있었고, 호텔 로비
에서나 볼 수 있을 법한 고급 소파가 놓여 있었다.

나승진은 눕다시피 앉아서, 테이블에 놓인 전화기로 어딘가에
전화를 걸었다.

"어, 안 부장? 나 고려일보 나 부장인데, 지금 기자실에서 얼굴이
나 잠깐 볼까? 소개해 줄 사람도 있고. 참, 요즘 우리 회사에 USB
가 씨가 말라서 그러는데, 난는 USB 있으면 몇 개만 좀 갖고 내려
와 주라. 껄껄!"

잠시 후 어떤 사람이 나타났다. 한 손에는 USB가 든 상자를, 다
른 손에는 음료수 상자를 들고 있었다. 그는 나승진 앞에 앉더니
상자를 뜯으면서 말을 꺼냈다.

지금 나승진 부장은 기자 윤리강령의 10가지 실천요강 중에서, 세 번째 '품위 유
지'를 어기고 있어요. 기자 신분을 이용해 부당한 이득을 얻지 않아야 하고, 사적
인 특혜나 편의를 거절해야 하는데, 오히려 그런 것들을 요구하고 있잖아요!

"아이고, 나 부장님. 오랜만에 뵙습니다. 이건 부탁하신 USB고요, 이건 저희가 이번에 새로 출시한 음료수 '사랑을 드링컹'입니다. 아침에 여기 잔뜩 놔뒀는데 벌써 다른 기자님들이 다 드신 모양이네요."

"어, 그래그래. 아, 여긴 우리 인턴 기자 노빈손이야. 이쪽은 홍보부 안사랑 부장이고. 서로 인사들 하지. 참, 안 부장. 노빈손 이 친구가 기사 쓸 게 없다는데, 따끈따끈한 업계 얘기 있으면 하나 들려줘 봐. 라이벌인 기철그룹에 대한 이상한 소문이라든가, 그런 거 뭐 없어?"

직급은 같은 부장인데, 나승진은 안사랑을 아랫사람 대하듯 했고, 안사랑은 나승진에게 깍듯이 존대했다. 안사랑이 미안한 표정을 지으며 나승진에게 말했다.

"아유, 부장님. 제가 남의 회사 얘기를 입에 담자니 좀 그러네요. 최근에 저희 회장님께서 경쟁사끼리 비방하지 말자고 말씀하시기도 했고……."

"아니, 안 부장. 알 만한 양반이 왜 이래? 우리가 보통 사이야? 그리고 우리 고려일보에서 여기 회장님을 좀 챙겨 드렸나? 이런 식으로 나오면 곤란하지."

나승진의 얼굴빛이 어두워지자, 안사랑이 주위를 살피더니 조심스레 말을 꺼냈다.

"아이, 나 부장님 왜 그러세요? 그러면요, 여기는 보는 눈도 있고 하니까…… 제가 이따 따로 연락드릴게요."

"아, 진작 그럴 것이지. 알았어, 안 부장. 밤에 다시 얘기하자고. 우린 이만 가지. 껄껄!"

"벌써 가시게요? 좀 더 계시지 않고."

나승진은 뒤도 돌아보지 않고 안사랑에게 손을 흔들어 보이며 휴게실을 빠져나왔다. USB를 한 주먹 움켜쥐어 재킷 왼쪽 주머니에 넣고, 오른쪽 주머니에는 음료수 네다섯 병을 욱여넣는 것도 잊지 않았다. 노빈손은 양심상 USB는 챙기지 않았지만 음료수는 한 병 급히 따서 마시고 나왔다. 고생만과 함께 다닐 때는 받아 보지 못한 대접을 받게 되어 기분은 좋았지만, 내심 걱정이 들었다. 혹시 나중에 잘못되는 건 아닌가 하는 생각에 조심스럽게 물었다.

"부장, 혹시 USB나 음료수는 뇌물 아닌가요? 뭐더라…… 아! 김영란법에……."

나승진은 한숨을 내쉬며 대답했다.

"야, 빈손아. 앞으로 기자 생활 하다 보면 알게 될 거야. 이런 자리를 불편해하지 말고 당당히 마주해야 한다, 알겠어?"

팩트는 만드는 것?

　회사로 복귀한 뒤에도 노빈손은 여전히 마음이 편하지 않았다. 반면 나승진은 그런 일이 일상인 듯 느긋했다. 자리에 돌아와 앉아 제일 먼저 한 일은 주식 시세를 보는 것이었다.

　"오~ 오늘은 좀 올랐네. 좋아! 주식은 됐고, 뭐 다른 좋은 소식 없나?"

　나승진은 콧노래를 흥얼거리며 마우스를 클릭해 댔다. 그때 스마트폰 벨이 울렸다.

　"어? 안 부장, 바로 전화 줬네?"

　"나 부장님. 방금 누가 저한테 메일을 보내 줬는데 부장님이 흥미로워하실 것 같아서요. 제가 문자로 보내 드리겠습니다."

　"아, 그래? 뭔지 궁금하네. 빨리 보내 줘."

　"네, 그럴게요. 근데 이게 확인된 내용이 아니라서 좀 조심스러운데……."

　"아, 이 사람아. 그런 거야 우리가 전문가니까 걱정 붙들어 매고!"

　나승진이 전화를 끊기 무섭게 안사랑의 문자가 도착했다.

　"안녕하세요. 전 기철그룹에서 대리로 일하고 있습니다. 얼마 전 부장이 야근 지시를 내렸는데, 제가 그날 결혼기념일이라서 야근은 어렵고 다음 날까지 일을 끝내 놓겠다고 말했습니다. 그랬더니 부장이 제 뺨을 때리는 거 아니겠습니까. 너무 세게 맞아서 순간 정신을 잃었고, 저는 병원에서 가벼운 뇌진탕 진단을 받았습니다. 회사에서는 저더러 참으라며 쉬쉬하고 있고요. 아무리 생각해도 너무 억울해서 이 일을 세상에 알리고 싶습니다."

나승진은 안사랑의 당부 따위는 안중에도 없는지 곧바로 행동에 들어갔다.

"이봐, 노빈손. 기철그룹에 전화해서 부장이 대리 뺨 때린 사실 있는지 확인해 봐. 형식적으로라도 해명은 들어야지."

"네? 네, 알겠습니다, 부장."

노빈손은 어제까지 고생만과 고생고생해서 취재하던 걸 떠올렸다. 고생만과 비교해 볼 때, 나승진은 왠지 너무나 쉽게 기삿거리를 찾는 것 같았다.

"어디 보자…… 기철그룹 전화번호가……. 아, 여보세요? 기철그룹 홍보팀인가요?"

"네, 홍보팀입니다. 어디시죠?"

"안녕하세요. 저는 고려일보 노빈손 기자라고 합니다. 뭐 좀 여쭤 보려고 하는데요."

"아, 네! 기자님 안녕하세요?"

노빈손은 어디 가서 인턴이라고 하면 얕본다는 고생만의 말이 생각나서, 인턴이라는 말을 빼고 기자라고만 얘기했다. 고려일보라는 말 한 마디에 상대방의 말투는 바로 바뀌었다.

"아, 다름이 아니라요. 기철그룹에서 어떤 부장님이 대리님을 때렸다고 하던데, 진짜인가요?"

"네? 누가 누굴 때렸다고요? 이상하네요, 처음 듣는 얘긴데요. 혹시 그 부장의 이름을 알고 계신가요? 아니면 어디서 헛소문을 들으신 건 아닌지……."

예상치 못한 홍보팀의 질문에 노빈손은 당황하기 시작했다. 나승진 부장에게 들었다고 솔직하게 말할지, 아니면 어물쩍 넘어갈지 고민하다가 그냥 넘어가기로 마음먹었다.

"어, 그러니까…… 제보자를 보호해야 해서 자세한 건 말씀드리기가 좀……."

"일단 확인은 해 보겠습니다만, 어떤 부장인지 모르면 확인이 어려울 수도 있습니다."

마음이 급해진 노빈손은 홍보팀 직원을 닦달하기 시작했다. 얼굴 한번 본 적 없는 사람이지만, 예의를 차리기보다는 기사를 쓰는 게 더 중요하다고 생각했다. 특종의 맛을 본 노빈손은 다시 한번 그 기분을 느끼고 싶었다.

"그래도 일단 확인해 주세요. 저도 누군지 알아볼게요."

"예? 누군지 알아보시겠다고요?"

"아, 아니…… 아무튼 부탁드립니다."

노빈손이 부랴부랴 전화를 끊자 나승진이 물었다.

"뭐래?"

"일단 확인해 보겠다고 하는데요. 때렸다는 부장 이름을 몰라서 좀 애매한가 봐요."

"그래? 어쨌든 확인한다고 했으니 한 시간만 기다렸다가 기사를 쓰자. 그 사이에 신문이라도 좀 읽고 있어. 난 잠깐 나갔다 올게."

말이 끝나기 무섭게 나승진은 어디선가 받아 온 카페 쿠폰을 들고 자리에서 일어섰다. 노빈손은 옆에 놓인 신문을 읽으려 했지만, 평소 만화책만 즐겨 읽던 노빈손에게 신문 읽기는 쉬운 일이 아니었다. 그래도 신문 1면에 김정열 의원 관련 기사와 슈퍼 기름 이야기가 나온 걸 보니 기분은 뿌듯했다.

"하얀 건 종이고 까만 건 글자인데, 내가 이 까만 걸 만들었군! 하핫."

노빈손은 실실 웃다 의자를 뱅글뱅글 돌렸다 하며 혼자 노닥거리고 있었다. 그 사이 나승진이 돌아왔다. 그는 입술에 빵 부스러기를 묻힌 채 만사가 귀찮다는 듯 말했다.

"아, 정말 일하기 귀찮군. 기철그룹에서 전화는 왔어?"

"아, 아니요. 아직 안 왔어요."

노빈손은 슬슬 눈치를 보면서 다시 전화를 하려고 스마트폰을 들었다. 그때 나승진이 다가와 노빈손의 손을 잡았다.

"됐고, 그냥 기사 써. 걔네 답변은 안 온 걸로 하고."

"네? 취재한 게 없는데 어떻게……?"

나승진이 눈을 지그시 감으면서 답답하다는 듯 말했다.

"어휴, 내가 이런 것까지 가르쳐야 하나. 자, 잘 들어. 업계 관계자에 따르면, 기철그룹에서 폭행이 있었고, 기철그룹 담당자에게 사실인지 확인을 요청했지만, 담당자는 확인해 보겠다고 한 뒤 별다른 해명을 내놓지 않았다, 이렇게 쓰면 되잖아. 제목에 '단독' 붙이는 거 잊지 말고."

"아, 네, 부장!"

노빈손은 곧바로 대답은 했지만, 생각해 보니 직접 기사를 써 본 적이 없어서 난감했다.

'첫 문장을 뭐라고 써야 하지? 아아…… 안 되겠다. 선배한테 전화해 보자.'

노빈손은 나승진의 눈을 피해 허리를 숙이고 고생만에게 전화를 걸었다.

"고객님의 전화기가 꺼져 있어……."

고생만은 웬일인지 전화를 받지 않았다. 나승진의 따가운 시선을 더는 견디지 못해, 노빈손은 어쩔 수 없이 키보드에 손가락을 올리고 한 글자 한 글자 쓰기 시작했다. 일단 나승진이 들려준 내용을 머릿속으로 되뇌면서, 다른 기사를 참고해 기사의 꼴이 어때야 하는지 대강 파악한 다음, 기사를 끼워 맞추기 시작했다.

업계 관계자에 따르면, 기철그룹의 한 부장이 사내에서 대리를 폭행하는 일이 발생했다. 대리가 결혼기념일이라서 야근을 하기 어렵다고 말한 게 폭행의 이유였다. 부장의 폭행으로 대리는 병원에 실려 가, 가벼운 뇌진탕 진단을 받았다. 이에 관해 기철그룹 홍보 담당자에게 사실 확인을 요청했으나, 담당자는 "확인해 보겠다"고 한 뒤 연락이 없었다.

"부장. 일단 써 봤는데요, 기사가 너무 짧은 것 같아서……."
"기사는 원래 짧을수록 좋은 거야. 그래야 신문에 더 많은 기사를 싣지. 나한테 보내 봐."
노빈손은 쭈뼛거리면서 나승진에게 기사를 전송했다. 잠시 후 나승진이 말했다.
"이왕 기사 쓰는 거, 더 많은 사람들이 봐 주면 좋잖아? 사람들의 이목을 끌기 위해서는 자극적인 표현을 좀 더 써 줘야지. 10년 전쯤 기철그룹의 한 직원이 주가를 조작하다 걸린 적 있거든? 그걸 기사에 적당히 포함시켜 봐. 아니다, 그냥 내가 쓰지 뭐."
10분 후, 바이라인에 노빈손 이름이 단독으로 쓰인 첫 기사가 인터넷에 올라갔다. 기사 끝부분에 "기철그룹은 지난 2010년에 임직원의 주가 조작으로 물의를 빚은 바 있다. 이번 폭행 사건으로 인

나승진 부장, 이번에는 다시 '공정보도'를 어기고 있어요. 정확한 정보만을 선택하여 최대한 객관적으로 보도해야 하는데, 완전 엉망진창이죠? 기자를 꿈꾸는 여러분은, 제발 이런 사람이 되지 말자고요~!

해 기철그룹의 이미지는 또 한 번 적지 않은 타격을 입을 것으로 보인다'라는 문구가 추가됐다. 나승진이 직접 쓴 글이었다.

"부장. 기철그룹 해명도 못 듣고 썼는데…… 정말 괜찮을까요?"

"인마, 걱정 말고 조금만 있어 봐. 조회 수 폭발할걸?"

기철그룹의 항의 전화

기사를 쓰고 나서 긴장이 풀리자 노빈손은 아랫배가 살살 아파 왔다. 배를 부여잡고 화장실로 가던 그때, 전화벨이 울렸다. 스마트 폰 화면을 보니 기철그룹 홍보팀 담당자 번호였다.

'앗! 항의 전화 같은데……. 나한테 따지면 뭐라고 해야 하지?'

계속 울려 대는 벨 소리를 더는 모른 척할 수 없었다.

"여, 여보세요."

"네, 기철그룹 홍보팀입니다. 기사 보고 연락드리는데요."

"네? 아, 네……."

기철그룹 홍보팀 담당자는 기사를 쓰기 전에 통화했을 때와는 달리 날 선 목소리로 노빈손을 쏘아붙였다.

"아니, 기자님. 저희가 확인 중인데 기다리지 않고 덜컥 기사를 내시면 어떡합니까. 그리고 10년 전 주가 조작과 이번 의혹은 아무

상관도 없는데 굳이 왜 기사에 넣으셨고요? 너무 악의적인 거 아닙니까?"

노빈손의 이마에 땀이 흘러내렸다.

'아, 이를 어쩌지. 아까 어떻게든 고생만 선배한테 연락해서 물어볼걸!'

처음 겪어 보는 상황에 무슨 말을 해야 할지 몰랐다. 그렇다고 전화를 끊을 수도 없었다.

"아, 그게요, 일단 폭행이 있었다고 하니까 저희는……."

"기사에 언급된 업계 관계자는 대체 누구인가요? 그리고 저희 직원이 병원에 실려 갈 정도로 맞았다고 하셨는데, 그렇다면 증거 사진이나 영상 같은 게 있을 거 아닙니까? 피해자 인터뷰라도 하시거나."

항의가 이어졌지만 노빈손은 아무 말도 하지 못했다.

"기자님, 무슨 말이라도 해 보시죠."

"아, 죄송합니다! 사실은 저희 부장이 시킨 거라……."

"부장요? 나승진 부장님 말씀하시는 건가요?"

나승진의 이름이 나오자 노빈손은 화들짝 놀랐다. 기업 홍보팀은 언론사 부장들 이름을 다 외우고 있는 건가 싶었다.

"어, 어떻게 아셨죠?"

"흠…… 어찌된 건지 짐작이 가네요. 일단 알겠습니다."

기철그룹 홍보팀 담당자는 어떤 상황인지 뻔히 알겠다는 듯 한숨을 내쉬었다. 한숨 소리를 들은 노빈손은 갑자기 온몸에 힘이 빠지면서 뭔가 무서운 느낌이 들었다. 떨리는 마음으로 자리로 돌아가니 나승진은 누군가와 통화하고 있었다.

"기사에 뭐 틀린 내용 있어? 우리는 업계 관계자한테 확실히 들었다고!"

"부장님. 혹시 그런 일이 있었다고 해도, 저희 회사에 부장만 1000명이 넘는데 어떻게 바로바로 조사할 수 있겠습니까. 확인할 시간은 주셨어야죠."

나승진은 화난 듯 큰 목소리로 통화하면서도 표정은 웃고 있었다.

"우리는 들은 내용 그대로 썼을 뿐이니까, 항의하려면 제보자한테 하라고."

"그 제보자란 사람이 대체 누구인가요?"

"제보자는 우리가 보호해야지, 함부로 공개할 수 없다고! 그럼 이만 전화 끊어요."

나승진은 더 이상 듣지 않고 전화를 끊어 버렸다. 그는 전화가 완전히 끊긴 걸 확인한 후 크게 웃었다.

"하하하! 봤지? 이렇게 항의 전화가 오는 게 좋은 기사야. 누군가에게 민감한 내용인 게 분명하단 뜻이거든. 자, 수고했으니 좀 쉬어. 난 잠깐 나갔다 올 테니까."

혼자 남은 노빈손은 스마트폰을 꺼내 기철그룹 관련 기사를 다시 읽었다. 기사 밑에는 기철그룹을 비난하는 댓글이 수두룩하게 달려 있었다.

'와~ 야근 안 한다고 뺨 때리는 기철그룹 클래스!'

'기철그룹 불매 운동 가즈아!'

댓글을 읽는 노빈손의 등에서는 땀이 줄줄 흘렀다. 잠시 후 시원한 콜라라도 한 모금 하면서 머리를 식히려고 사무실 밖 복도에 있는 자판기로 갔다. 마침 고생만이 자판기 아래쪽 거스름돈 나오는 곳에 열심히 손을 넣고 있었다.

"선배, 여기서 뭐 하세요?"

"어, 빈손. 마침 잘 왔다! 콜라 하나 뽑으려는데 동전이 부족해서……. 혹시 200원 있으면 좀 빌려줄래?"

"아니, 선배. 어디 계셨어요? 한참 찾았는데."

"날 찾았어? 취재 좀 다녀오느라고. 깜빡 잊고 보조 배터리를 안 챙겼지 뭐야."

노빈손은 하고 싶은 얘기가 많았지만 쉽게 입이 떨어지지 않았다. 일단 콜라부터 두 캔 뽑았다.

"아니, 빈손! 인턴이 무슨 돈이 있다고 이런 거금을 덜컥…… 내

주시면 감사합니다~ 헤헤, 고마워. 잘 마실게!"

고생만의 장난에도, 노빈손은 어깨를 축 늘어뜨린 채 기운 없는 목소리로 말했다.

"선배. 아까 부장이 시켜서 기철그룹에 대한 기사를 썼는데요, 사실 확인도 안 한 채로 써서 항의 전화를 받았어요. 마음이 영 안 좋네요."

"기철그룹? 맞다, 나도 금방 그 기사 봤어. 끄트머리에 10년 전 주가 조작 얘기는 왜 넣은 거야?"

"아, 그것도 부장이 막무가내로 넣었고……."

노빈손이 답하자 고생만의 얼굴이 굳었다. 손도 부르르 떨었다.

"아니, 부장이라는 사람이 아직도 그런 행동을 하다니! 예전에 내 동기 녀석도 그런 식으로 기사 썼다가 결국 잘못돼서 회사 떠났는데……. 앞으로 부장 지시로 기사 쓰거나 어딘가 움직일 때는 나한테 꼭 물어봐. 전화 안 받으면 문자라도 꼭 남기고. 부장이 무섭다고 해서 기사도 제대로 못 쓰면 기자 자격이 없는 거야. 내 말, 명심하라고! 난 만나기로 한 사람이 있어서 일단 나가 볼게."

고생만과 얘기를 나눈 뒤, 노빈손의 머릿속은 더 복잡해졌다. 고생만이 조심하라고 당부했지만, 앞으로 나승진의 무리한 지시가 또 있으면 어찌 대처해야 할지 막막하기만 했다.

3

특종왕
노빈손의 위기

노빈손, 연달아 특종을?

다음 날 아침, 노빈손은 긴장을 했는지 알람이 울리기도 전인 아침 6시에 눈이 뜨였다. 일찍 회사에 도착하니 나승진은 자리에 없었고, 다른 부서 사람들만 한두 명 보였다.

9시가 조금 지나 나승진은 "특종~ 특종~" 콧노래를 흥얼거리며 회사에 출근했다. 어디 산책이라도 가려는 듯, 고려일보 마크가 달린 점퍼에 청바지 차림이었다. 나승진은 점퍼를 벗으면서 반가운 표정으로 노빈손에게 인사를 건넸다.

"노빈손, 먼저 와 있었군. 내가 오늘 받은 메일 하나 전달해 줄 테니까 읽어 봐. 요즘 들어 제보가 쏠쏠하단 말이야."

"네? 메일요?"

"그래, 보면 눈이 번쩍 뜨일 거야. 다른 기자들은 현장 나가느라 바쁘니까 네가 그걸로 기사 좀 써 봐."

노빈손은 덜컥 겁이 났다. 수신메일함을 확인해 보니 'NG그룹 정세 보고서'라는 제목의 메일이 들어와 있었다.

"안녕하세요. 저는 포항에 있는 NG그룹 타이어 공장에서 일하는 사람입니다. 얼마 전에 공장에서 화학 물질이 유출돼 직원 여러 명이 크게 다쳤습니다. 피해자들은 지금 병원에 있고, NG그룹은 피해자들에게 돈을 쥐여 주며 입막음을 하고 있습니다. 이런 사건을 그냥 넘기자니 억울하고 양심에도 걸려서요. 믿을 만한 언론사인 고려일보에 제보합니다. 첨부해 드린 사진을 참조해 주세요."

사진을 보니 한 남자가 병원 침대에 누워 있었다. 얼굴은 시커멓고, 눈도 제대로 뜨지 못하고 있었다. 노빈손은 사진을 유심히 들여다보았다.

'어, 근데 이 사람, 어디선가 본 거 같은데. 기분 탓인가? 참, 선배한테도 일단 보내 놓자.'

노빈손이 바로 반응하지 않고 뜸을 들이자 나승진이 재촉했다.

"어때? 좋은 기삿감이지? 너도 알겠지만 NG그룹은 국내 최대 타이어 회사라서, 기사가 나가면 사람들 반응도 클 거라고. 일단 형식적으로라도 NG그룹 쪽 해명은 듣고, 제보 내용 그대로 기사 한번 써 봐."

노빈손은 어제 일로 마음이 편치 않았다. 문득 '기사를 쓸 때 팩트 체크는 무엇보다 중요하다'고 했던 고생만의 말이 생각났다. 노빈손은 숨을 크게 들이마시고는 용기를 내 나승진에게 말했다.

"부장, 이거 좀 더 확인해 보고 기사를 쓰면 어떨까요? 피해자 말도 좀 들어 보고 현장 확인도 해 보고요."

"아니, 사진도 있고 확실한데 뭘 굳이……. 근데 NG그룹이 우리 광고주이기도 하고 그러니까……. 그래, 일단 직접 가 보자. 자, 준비해. 포항 가서 과메기나 좀 먹어야겠군."

팩트 체크란, 기사 내용이 정확한 정보를 담고 있는지 확인하는 절차를 말해요. 기자들이 취재 과정에서 자기가 접한 정보가 사실인지 여기저기에 확인하는 것도 팩트 체크이고, 관련자들이 서로 다른 주장을 할 때 어느 쪽 주장이 사실에 가까운지 확인하는 것도 팩트 체크예요.

　웬일인지 나승진이 노빈손의 제안에 순순히 따랐다. 나승진이
옷걸이에 걸어 둔 점퍼를 다시 걸쳐 입는 사이, 노빈손은 신들린
손놀림으로 나승진 모르게 고생만에게 사진을 보냈다.

 ## 이것은 출장인가, 땡땡이인가

　"서울역으로 가자고. KTX 타야 하니까."
　먼 출장길에 나서는데 나승진은 뭐가 좋은지 신난 표정이었다.

노빈손은 무거운 걸음으로 나승진을 따라 나섰다. 회사 문을 열고 밖으로 나서는데 마침 회사에 들어오던 고생만과 마주쳤다.

"부장, 어디 가십니까?"

"아, 선배! 저희 지금 포항에⋯⋯."

"어허, 넌 알 거 없다. 보고할 거 있으면 이따 메신저로 보내."

나승진은 노빈손의 말을 단칼에 자르고 성큼성큼 걸어갔다.

노빈손이 가기 싫어 죽겠다는 표정으로 바라보자, 고생만은 고개를 끄덕하고 눈을 찡긋하며 사인을 줬다. 문제가 생기면 바로 연락하라는 뜻이었다.

"노빈손, 뭐 해. 빨리 와."

나승진이 부른 택시가 회사 앞에 도착해 있었다. 노빈손은 달려가 나승진과 함께 택시에 탔다. 택시는 5분 만에 서울역에 도착했다. 나승진이 심드렁한 표정으로 노빈손에게 법인 카드를 건넸다.

"가장 빨리 출발하는 KTX로 예매하고 와. 어차피 우리 돈 내는 거 아니니까 일반석 말고 특실로, 오케이?"

KTX 특실이라니! 노빈손은 곧 경험하게 될 호사에 순간 신이 났지만, 이내 다시 찜찜한 마음이 들었다. 일단 서둘러 표를 예매하고 나승진에게 돌아갔다.

"어, 너 지금 뭐 하는 거야?"

헐레벌떡 달려온 노빈손을 보고 나승진이 불쑥 화를 냈다.

"네? 예매 잘 마쳤는데요?"

"이 자식, 센스 없긴! 호두과자라도 한 봉지 사 와야 할 거 아냐. 그래가지고 사회생활 제대로 하겠냐?"

노빈손은 냉큼 달려가 호두과자를 사 왔다. 당연히 결제는 법인 카드로 했다. 그제서야 나승진은 표정을 풀고 쩝쩝 소리를 내며 호두과자를 먹었다.

"곧 열차가 출발하오니 승객 여러분께선 탑승하여 주시기 바랍니다."

안내 방송이 나오자 나승진은 호두과자를, 노빈손은 스마트폰을 각각 손에 꼭 쥐고 열차에 올라탔다. 나승진은 좌석에 앉자마자 잠이 들었다. 노빈손도 눈을 붙이려고 노력했지만 나승진의 코 고는 소리에 도저히 잘 수 없었다. 주변 승객들이 다들 나승진을 향해 눈을 흘겼다. 노빈손은 결국 자는 걸 포기하고 창밖 풍경을 구경하면서 중얼거렸다.

"고생만 선배 코 고는 소리는 별로 시끄럽지 않았는데……."

열치기 포항역에 도착하자, 나승진은 잠에서 덜 깬 모습으로 노빈손에게 말했다.

"너는 일단 공장에 가서 회사 입장 좀 듣고, 병원에 가서 피해자 얘기도 들어 봐. 난 여기서 다른 업무 좀 보고 있을 테니까 끝나면 전화해."

나승진은 자기 할 말만 하고는 택시를 잡아타고 떠났다. 노빈손은 나승진을 태우고 부리나케 달리는 택시의 꽁무니를 어이없다는 듯한 표정으로 바라봤다. 잠시 후 스마트폰을 켜고 피해자가 입원해 있다는 병원으로 향하는 버스 노선을 검색했다. 택시를 타고 싶었지만 법인 카드는 나승진이 들고 간 뒤였다.

한편 회사에 복귀한 고생만은, 노빈손이 몰래 보내 놓은 사진을 그제서야 확인했다. 사진 속 얼굴은 알아보기 쉽진 않았지만 눈매가 낯이 익었다.

'그래…… 아무래도 냄새가 나. 이 녀석, 어쩌면 그 녀석이 맞을 거 같은데……. 안 되겠다!'

다급해진 고생만은 노빈손에게 문자를 보냈다. 전화를 걸었다가는 눈치 없는 노빈손이 나승진 옆에서 이것저것 떠들어 댈지도 몰랐다.

— 빈손. 네가 아까 보낸 사진 속 그 남자, 아무래도 내가 아는 녀석 같거든? 그 녀석, 김 의원 교통사고와 어떤 관련이 있을 것 같은 느낌이 들어. 너, 포항에 간댔지? 병원에 가서 만나게 된다면 대화 좀 녹음해 둬. 목소리 좀 확인해 보게.

부장은 놀고, 인턴은 취재하고

"후아~ 아프리카도 이렇게 덥진 않겠네!"

NG 타이어 공장은 아주 외진 곳에 있었다. 노빈손은 버스 정류장에서 내린 후 한참을 걸어서야 겨우 공장에 도착했다. 공장 담벼락 곳곳에 '외부인 출입 금지'라는 팻말이 큼지막하게 걸려 있었다. 입구에서 멀찍이 떨어진 데서 쭈뼛대고 있는 노빈손을 보고 경비원이 소리쳤다.

"무슨 일이시죠? 여기 외부인 출입 금진데요!"

"아, 네! 저 신문사에서 나왔는데요. 공장에서 독가스가 배출됐다고 해서……."

"뭐라고요? 돈가스 배달 왔다고요?"

"아뇨, 독가스요! 독가스가 배출됐다고…… 아니, 화학 물질요! 화학 물질이 유출됐다고 해서 취재를 좀 하려고요."

"화학 물질요? 그런 얘기 못 들었는데……. 어쨌든 여기는 외부인 출입 금지니 들어오시면 안 됩니다!"

이대로 돌아갔다가는 나승진에게 혼날 게 분명했다. 어떻게든 안으로 들어가야 했지만, 경비원은 노빈손이 머리 굴릴 틈도 주지 않고 냉큼 안으로 들어가 버렸다. 난감해진 노빈손의 머릿속에 선배 찬스가 떠올랐다. 곧바로 고생만에게 전화를 걸었다.

"선배! 저 지금 포항 공장 앞인데요, 안으로 못 들어가고 있는데 어떡하면 좋죠?"

"저런! 약속도 안 하고 갔나 보네. 문을 통 안 열어 주는 상황이야? 그럼 어쩔 수 없지, 함부로 들어갈 수도 없고. 공장 책임자가 퇴근해서 밖으로 나올 때를 기다리는 수밖에. 앉아서 기다리면 언젠가는 나오지 않겠어?"

"네? 그럼 직원들 퇴근할 때까지 여기서 기다리라고요?"

퇴근이라는 단어가 나오자 노빈손은 경악했다. 가뜩이나 요새 집에 잘 못 들어갔는데 또 야근을 해야 하나 싶었다.

"이제 기자가 어떤 직업인지 대충 알겠어? 나는 겨우 업체 입장 한마디 들으려고 열두 시간이나 기다린 적도 있어. 기왕 간 거, 한번 부딪쳐 봐. 직접 부딪치는 게 결국 가장 좋은 경험이니까."

노빈손은 그냥 돌아갈까 하고 잠깐 생각했다. 하지만 고생만의 이야기를 듣고 나니 왠지 오기가 생겼다. 노빈손은 심호흡을 하고, 입구 옆 경비 초소를 향해 뚜벅뚜벅 다가갔다.

"경비원님, 그럼 혹시 공장장님이라도 만날 수 없나요? 지금 바쁘시면 퇴근하실 때까지 여기서 기다릴게요."

노빈손의 말을 들은 경비원은 난감한 표정을 지었다.

"아이고, 이거 참 곤란한데……. 그럼 일단 담당자한테 연락해 볼게요."

"네? 우왓, 감사합니다!"

경비원은 초소로 들어가 전화를 걸었고, 노빈손은 그 모습을 초조하게 바라봤다. 잠시 후 경비원이 나왔다.

"공장장님은 지금 바쁘시고, 안전팀장님이 잠깐 나오신다 하니까 좀 기다려 보세요."

"네! 정말 감사합니다!"

10분 뒤, 공장 안쪽에서 '안전제일'이라고 적힌 점퍼를 입은 사람이 걸어 나왔다. 머리가 희끗희끗한 안전팀장은 나승진보다도 나이가 많아 보였다.

"안녕하세요, 기자님. 미리 연락 좀 주시지, 이렇게 갑자기 오시면……. 여기 서서 이야기하긴 그렇고, 사무실로 잠깐 가시죠."

아버지뻘 돼 보이는 안전팀장 옆에서, 노빈손은 공손한 목소리로 네, 네, 하며 따라갔다. 선배들이 어디 가서 기죽지 말라고 했지만, 이렇게 누군가 자신을 만나 준다는 사실만으로도 너무 고마워서 절로 허리가 굽어졌다.

"대충 얘기 전해 들었는데, 독가스라고요? 처음 듣는 이야기인데요. 그게 사실이라면 저희 쪽에서도 중요한 문제라……. 혹시 언제 독가스가 유출됐다고 하던가요?"

안전팀장이 먼저 입을 열자 노빈손은 순간적으로 당황했다. 사실 노빈손도 자세한 상황까지는 알고 있지 못해, 급히 머릿속으로 메일에 적힌 내용을 떠올려 보았다.

"음, 일단 독가스가 아니라 화학 물질이고요. 정확한 날짜는 잘 모르겠는데…… 다친 직원들이 다나아병원에 있다고 하더라고요."

"다나아병원요? 에이, 그럴 리가요. 저희는 안아파병원하고 제휴를 맺고 있어서, 우리 공장 직원들은 다치면 다 안아파병원으로 가는데요."

당황한 노빈손은 스마트폰을 꺼내, 제보자가 보내 온 병실 사진을 보여 줬다. 사진 속 환자복에는 분명히 다나아병원이라고 적혀 있었다.

"음, 아무리 봐도 처음 보는 사람인데요? 그리고 저희 공장에서 사고가 발생했으면 안전팀장인 제가 모를 리가 없잖아요."

안전팀장이 단호한 표정으로 얘기하자, 할 말이 없어진 노빈손은 눈만 껌뻑거렸다. 안전팀장은 답답한지 다시 말을 꺼냈다.

"혹시 모르니 저도 내부에서 다시 알아보긴 하겠는데, 정말 모르는 일입니다. 저희가 안아파병원하고 제휴 맺은 건 검색만 해 봐도 다 나와요. 그리고 만약 저희 공장 환자가 다른 병원에 간다면 안아파병원에서 가만있지도 않을 거고요."

노빈손은 안전팀장의 얼굴을 뚫어져라 쳐다봤다. 거짓말을 하는 것 같진 않았다.

'사람의 속마음을 읽을 수 있다면 얼마나 좋을까……'

한동안 생각에 잠겨 있던 노빈손이 입을 열었다.

"그렇군요. 그럼 다시 좀 알아보겠습니다."

노빈손이 할 수 있는 말은 이것뿐이었다. 하지만 노빈손은 안전 팀장과 대화를 나누면서, 현장의 목소리를 직접 듣거나 제보를 확인하는 과정은 꼭 필요한 일이라는 생각이 들었다. 피해자가 누구인지, 어떤 피해를 입었는지 확실히 밝혀야 할 이유가 생겼다.

공장을 나선 노빈손은 난감한 표정으로 나승진에게 전화를 걸었다.

"어, 노빈손! 쩝쩝. 어떻게 됐어? 쩝쩝."

나승진의 말 중간중간에 무언가 먹는 소리가 들려왔다. 그 너머로 간간이 파도 소리도 들렸다.

"부장, 뭐 드시는 거예요? 저도 배고픈데……."

"아냐 아냐! 아까 먹은 호두괴지에 있던 호두기 이에 껴서 안 빠지네그려. 쩝쩝."

"네……. 맞다! 공장에서 안전팀장을 만났는데 화학 물질 유출된 적 없다고 하는데요."

"뭐야? 그 자식들, 쩝쩝. 사건 은폐하려나 보네, 쩝쩝. 아, 잠시만

출장 핑계로 놀고먹고 있는 나승진 부장과 다르게, 노빈손은 열심히 취재하며 기자 본분을 다하고 있네요. 근데 좀 헤매고 있죠? 급히 나오느라 사전 조사를 못 했기 때문이에요. 취재 대상에 대해 미리 조사하고 인터뷰할 내용을 준비해 둔다면 현장에서 더 많은 정보를 얻을 수 있어요.

있어 봐."

"주문하신 회 정식 나왔습니다."

노빈손의 귓속에 '회'라는 단어가 분명히 들어와 박혔다.

"쩝쩝. 나 지금 바쁘니까 이따 다시 보고하고, 일단 병원으로 이동해서 피해자 이야기 좀 들어 봐."

나승진은 말이 끝나기 무섭게 전화를 끊었다.

"으아악! 뭐야, 부장! 나도 회 엄청 좋아하는데!!"

 ## 낯익고 이상한 환자

밥도 못 먹고 다음 취재를 가려니 노빈손은 순간 화가 치밀었다. 고생만도 이런 마음이었을까 하는 생각이 문득 들었다.

'다 먹고살자고 하는 건데, 병원 가기 전에 밥부터 먹을까?'

노빈손은 요동치는 배에 손을 가져다 대고 버스 창밖의 식당 간판들을 바라봤다. 그런데 뱃속 사정과는 달리 머릿속에서는 피해자에게 할 질문이 속속 떠올랐다.

"내가 이렇게 밥도 안 먹고 일하고 있다는 사실을 말숙이가 알아야 하는데……. 말숙이 만나면 이 대단한 취재 이야기를 꼭 들려줘야지. 히히!"

노빈손이 중얼거리는 사이, 택시는 다나아병원에 도착했다. 병원 안으로 들어서긴 했는데, 노빈손은 어디로 가야 할지 막막했다. 환자 이름도, 병실도 몰랐다.

"무슨 일로 오셨습니까?"

노빈손이 안내 데스크 앞에서 우물쭈물하고 있자 직원이 물었다.

"안녕하세요. 전 신문사에서 왔는데요, 여기 홍보팀 직원을 좀 만나고 싶어요."

"아, 저희는 홍보팀 직원이 따로 없습니다. 어떤 일로 오셨는지 말씀해 주시면 담당 직원에게 안내해 드리겠습니다."

예상치 못한 상황에 노빈손은 당황했다.

'이럴 때 고생만 선배라면 어떻게 했을까? ……에라 모르겠다!'

노빈손은 직원에게 다시 오겠다고 이야기하고 고생만에게 전화를 걸었다. 하지만 신호음만 들릴 뿐, 고생만은 전화를 받지 않았다. 혹시 자꾸 전화해서 귀찮아하는 건 아닐까 하고 걱정하는데, 귓속으로 반가운 목소리가 들어와 꽂혔다.

"어어, 노빈손."

평소와 다름없는 고생만의 목소리가 더더욱 반갑게 들리는 순간이었다. 가까이 있는 나승진보다 저 멀리 있는 고생만이 훨씬 든든하게 느껴졌다.

"선배. 계속 전화해서 죄송해요. 또 문제가 생겨서……."

"전화해서 죄송할 건 없고, 모르는 게 있으면 당연히 물어야지. 100번도 더 전화해도 돼! 그렇다고 진짜 100번 전화하진 말고, 하하! 그래, 무슨 일인데?"

"지금 병원에 왔는데요. 제보자 이름을 몰라서 어떻게 해야 할지 난감해요."

"아이고~ 그래도 벌써 병원에 간 걸 보니, 공장에서 퇴근 시간까지 기다리진 않았나 보네. 그럼 시간을 벌었으니 병실을 하나하나 확인하는 수밖에."

노빈손은 넓은 병원 로비를 바라보며 망연자실한 표정을 지었다.

"병실을 전부 다요?"

"그래서 항상 제보자 연락처 확인은 필수야. 자, 쫄지 말고! 일단 병원 직원에게 네 신분을 확실히 밝히고 용건을 들려줘 봐. 막막할수록 차근차근! 그리고 아까 너 포항 내려갈 때 내가 보낸 메시지, 기억하고 있지? 김 의원 사고의 원인을 밝히는 데 중요한 단서를 찾게 될지도 모르니 절대 까먹으면 안 돼!"

단호한 고생만의 목소리에 노빈손은 마음을 다잡았다. 여기까지 와서 빈손으로 돌아갈 수는 없는 법! 고생만의 조언대로 정면으로 돌파해 보기로 했다. 긴장을 풀기 위해 헛기침을 하고 다시 병원 직원에게 다가갔다.

"저는 고려일보 기자입니다. 어떤 환자를 좀 찾고 있거든요. 이 사진 좀 봐 주시겠어요? 이 환자를 만나야 하는데, 제가 이름을 몰라서요. 혹시 안내해 주실 수 있나요?"

한동안 사진을 보던 직원이 뭔가 기억났다는 듯 말했다.

"아! 이 환자, 아까 5층에서 왔다 갔다 하고 있었는데……. 5층 어딘가에 입원해 있을 거예요. 거기로 가 보세요."

노빈손은 직원에게 90도로 인사를 한 뒤 5층으로 달려갔다.

병실을 하나하나 들여다보던 중, 드디어 사진에서 본 그 환자를 발견했다. 503호였다. 노빈손은 고생만이 시킨 대로 녹음을 준비했다. 스마트폰 녹음 앱을 켠 다음, 들키지 않게 주머니 속에 넣고 병실 문을 열었다. 환자는 얼굴에 반쯤 붕대를 감고 있어서 눈과 입만 겨우 보였다.

"누구세요? 갑자기 노크도 없이."

"안녕하세요. 전 고려일보에서 온 노빈손이라고 하는데요."

"아, 기자님이세요? 생각보다 일찍 오셨네요."

"네?"

"아, 아니…… 아닙니다. 와 주셔서 고맙습니다. 얼른 제 얘기 좀 들어 주세요."

저, 저런~

꼬린내? 양쪽 얘기가 전혀 다르네?

녹음중

남자는 잠시 놀란 눈빛을 보였지만 이내 하소연하기 시작했다.

"제가 공장에서 열심히 작업하고 있는데 갑자기 지독한 꼬린내가 나더니 화학 물질이 유출됐어요. 그것 때문에 이렇게 화상도 입었고요. 그래서 산업재해 신청을 하려고 했는데 회사에서 막았어요. 하도 억울해서 항의하니까 단돈 100만 원 주면서 그걸로 끝내자고 하고, 또 사고 난 걸 외부에 얘기하면 다시는 회사 다니지 못할 각오 하라며 협박도 하고요. 정말 너무 억울합니다."

그가 열변을 토하자 노빈손의 머릿속이 복잡해졌다. 분명히 공장 안전팀장은 모르는 일이라고 했는데 피해자는 전혀 다른 소리를 하고 있으니, 누가 거짓말을 하는지 알 수가 없었다. 그런데 이상하게 환자의 목소리가 낯설지 않았다.

죽을 뻔했는데 회사는 나몰라라!

으흐흑! 지독한 꼬린내 였어!

125

"얼마나 다치셨는지 조금만 볼 수 있을까요?"

"앗, 죄송합니다. 제가 지금 얼굴이 너무 흉해서 보여 드리기가 어렵네요."

그는 순간 당황한 눈치였지만 이내 얼굴을 돌리며 보여 주길 거부했다.

"어, 근데 혹시 우리 어디선가 마주친 적 있나요?"

"네? 아, 그럴 리가요. 제가 서울에 가 본 적도 없는데 기자님을 어떻게 만났겠습니까."

노빈손은 이상한 느낌이 들었지만 더 묻지 않았다.

"기자님. 부디 정의의 편에 서서, 제 억울한 사연을 널리 알려 주세요."

"네, 잘 취재해 보겠습니다. 나중에 필요할지 모르니 혹시 연락처를 알 수 있을까요?"

"죄송합니다. 제가 지금 전화기가 없어서……. 기자님 연락처를 주시면 제가 연락드리겠습니다."

병실에서 나온 노빈손은 주머니 속 스마트폰을 확인했다. 녹음 앱은 이상 없이 잘 작동하고 있었다. 녹음 종료 버튼을 누르고는 나승진에게 전화를 걸었다.

"부장. 피해자 인터뷰 마쳤습니다."

"어, 그래? 수고했다. 다 끝났으면 포항역으로 와. 쩝쩝! 여기서 애기하자고."

노빈손이 뭐라 대꾸할 틈도 없이 부장은 자기 할 말만 하고 전화를 끊었다.

"에이, 진짜! 나 부장! ……님."

노빈손은 통화가 종료된 걸 확인하고는 소심하게 화를 냈다. 우여곡절 끝에 취재를 마친 뒤라 그런지 화를 낼 힘도 남아 있지 않았다.

포항역에서 만난 나승진은 한 손에 과메기 선물 세트를, 다른 손에는 반건조 오징어 세트를 들고 있었다. 아침에 봤을 때보다 배도 불룩해져 있었다.

"부장. 피해자를 만나 봤는데요, 계속해서 억울하다고 호소하고 있습니다."

"그래? 그럼 올라가서 얼른 기사로 써."

"근데 피해자가 좀 이상한 거 같은 느낌이 들어서……. 다친 곳을 확인하려 해도 거부하고, 딱히 제시하는 증거도 없고요. 기사 쓰기 전에 좀 더 알아봐야 하지 않을까요?"

"쓸데없이 시간 끌다가 이런 특종을 놓치면 어떡하려고? 양쪽 얘기 다 넣어서 쓰면 되잖아!"

나승진은 막무가내로 지시했다. 부장의 윽박에 움찔한 노빈손은 일단 알겠다고 대답했다. 하지만 찜찜함이 남았다.

'어쩌지? 선배한테 전화해 볼까? 아니야, 선배도 바쁠 테니 이번에는 스스로 한번 해 보자. 지금까지 취재한 내용을 기사로 적는 건데 무슨 일이 생기진 않겠지.'

노빈손의 특종은 오보?

다음 날 아침 고려일보 1면에 노빈손이 쓴 기사가 대문짝만하게 실렸다.

NG그룹 타이어 공장에서 화학 물질 유출, 직원 중태

최근 포항 NG 타이어 공장에서 화학 물질이 유출돼 중태에 빠진 직원이 있는 것으로 확인됐다. …… NG그룹 관계자는 "정확한 내용은 확인되지 않는다"고 밝혔다.

포털 사이트에 오른 기사는 그야말로 대박을 터뜨렸다. 기사 아래에는 NG그룹을 비난하는 댓글이 가득했다. 고려일보의 기사를 인용해 보도하는 다른 언론사 기사도 많았다. 기사를 본 노빈손은 내심 기뻤지만 한편으로는 찜찜한 마음이 사라지지 않았다. 그러는 사이 어디선가 나승진이 나타나 함박웃음을 지으며 말했다.

"어, 다들 일찍 와 있었군. 기사 봤지? 우리 사회부, 보너스 받을 준비 하자고. 껄껄껄!"

여기저기서 수군수군하는 소리가 들렸다.

"와, 저 인턴이 또 특종을 했다고?"

"오~ 인턴 제대로 뽑았는데?"

아침의 소란함이 가라앉은 사무실에, 정장을 입은 남자 두 명이 찾아왔다. 둘은 사회부 쪽으로 다가와서 노빈손에게 물었다.

"노빈손 기자님을 뵈러 왔습니다."

"아, 누구세요? 제가 노빈손인데요."

"저는 NG그룹 홍보부장 정직성이고, 이쪽은 오년재 대리입니다. 이번 기사에 대해 말씀을 좀 드리려고 찾아왔습니다."

"네? 아, 저······."

노빈손이 우물쭈물하자 뒤에서 지켜보던 나승진이 반갑다는 듯 정직성에게 인사했다.

"여어~ 정 부장 오랜만이네. 무슨 일로 왔어?"

"아, 나 부장님 계셨군요. 오늘 아침 기사 때문에 왔습니다. 정정 보도를 좀 해 주셔야 할 거 같은데요? 명백한 허위 기사라서 본사에서 노발대발하고 있어요. 저희 선에서 처리하기 어려울 것 같습니다."

정직성은 다른 회사의 홍보 담당자와는 다르게, 예의를 갖추면서도 당당한 태도와 말투로 얘기했다. 나승진은 정직성의 이런 자세를 탐탁지 않아 했다.

"무슨 소리야? 우린 확실한 피해자 증언을 갖고 있다고."

"아니, 부장님. 저희도 고려일보와의 관계는 좋게 가져가고 싶지만, 이건 기사가 아니라 완전 소설이라 그냥 넘어갈 수 없습니다. 어제 소식 듣고 하루 종일 확인해 봤는데, 그런 사고는 전혀 없었어요. 저희 회장님이 당장 정정보도 하지 않으면 법적 대응을 하겠다고 노발대발하고 계세요."

정직성이 목소리를 높이자 나승진도 같이 목소리를 높이며 대꾸했다.

"우리를 상대로 법적 대응? 아니 홍보팀이면 예의를 차려야지. 우리는 정정보도 할 생각 없으니까 이만 가 봐. 혹시라도 나중에 광고를 주니 안 주니 하며 협박할 생각 하지 말고."

"아니, 부장님. 여기서 광고 얘기가 왜 나옵니까. 하아~ 일단 알

언론은 종종 기업들이 일으킨 문제를 사회에 알리는 보도를 하죠. 근데 언론사가 매체를 발행해 나가려면 아주 많은 운영비가 필요해요. 그 운영비의 많은 부분을 차지하는 게 바로 기업들이 주는 '광고비'예요. 광고비가 없으면 언론사는 운영되기 어려워요. 참 애매한 관계죠? 그래도 언론은 기업 눈치를 보지 말고 제 역할을 다해야 한답니다.

겠습니다. 나중에 다시 연락드리겠습니다."

말씨름을 이어가던 NG그룹 홍보팀 일행은 어쩔 수 없다는 듯 사무실을 나갔다. 사무실 안에는 한동안 정적이 흘렀다. 안절부절 못하며 포털 사이트 뉴스만 보고 있던 노빈손의 눈에 새로운 뉴스가 들어왔다.

NG그룹, 화학 물질 유출 없었다고 공식 입장 발표

경찰에 수사 의뢰 및 고려일보 상대로 법적 대응 의사 밝혀

기사를 읽으면서 노빈손은 이마에 흐르는 땀을 닦았다. 그런 노빈손을 지켜보던 고생만이 메신저로 말을 걸었다.

— 빈손. 잠깐 나가서 커피나 한잔할까?

고생만은 노빈손을 한쪽으로 데려가더니 NG 타이어 관련 취재에 대해 물었다.

"보통 홍보팀이 안 좋은 기사 나왔다고 해서 이렇게까지 대응하지는 않는데……. 혹시 취재하면서 이상한 점 없었어?"

"선배, 사실은 저도 좀 이상한 부분이 있었어요. 화상 자국을 보여 달라니까 보여 주지도 않고, 어디선가 본 사람 같기도 하고, 전화번호도 알려 주지 않고요. 하도 이상해서 부장한테 말했더니 부장은 그냥 기사 쓰라고만 해서……."

노빈손의 말을 들으면서 고생만은 복잡한 표정을 지었다. 화를 억누르는 모습이 노빈손 눈에도 보였다.

"휴~ 빈손. 확실하지 않으면 기사를 쓰지 말아야지. 기사 하나로 사람을 살리고 죽이고 할 수 있단 말이야. 부장이 이상한 거 시키면 나한테 곧장 말하라니까……. 맞다! 그 제보자랑 대화한 거 녹음했지?"

고생만이 말을 꺼내기 전까지 노빈손은 녹음 파일에 대해 잊고 있었다.

"아, 맞다! 그게 있었지! 잠시만요."

노빈손에게서 스마트폰을 건네받은 고생만은 이어폰을 귀에 꽂았다. 녹음 내용을 듣던 고생만의 눈이 번쩍 뜨였다.

"역시…… 이 사람, 내가 생각한 그 녀석이 맞는 것 같아. 하지만 목소리가 비슷한 걸 수도 있으니까 좀 더 확실하게 알아봐야겠군. 너도 일단 기다려 봐. 아직 NG그룹 말이 무조건 맞다고 할 수도 없으니까."

긴장되는 경찰 수사 결과 발표

며칠 후, 노빈손이 출근길에 나서는데 문자가 왔다. 고생만이 보낸 메시지였다.

— 오늘 9시에 1차 브리핑 있다고 하니까 회사로 오지 말고 종로경찰서로 바로 와.

— 브리핑? 무슨 브리핑요?

— NG그룹이 경찰에 수사 요청한 거, 1차 수사 결과 나왔대. 부장은 바빠서 못 간다고 하니까 우리라도 가보자.

경찰서에 도착해서 보니 역시나 기자들로 붐볐다. 브리핑 시작 시간이 10분도 남지 않았는데 고생만은 아직 도착하지 않았다. 노빈손은 쯧쯧 혀를 차며 고생만에게 전화를 걸었다.

"선배, 어디 계세요?"

"아, 거의 다 왔어. 헉헉! 택시 타고 가던 중에 타이어가 펑크 나서, 헉헉! 내려서 뛰어가고 있어. 헉헉! 5분 뒤에 도착해. 헉헉!"

'으이구, 고생만 선배가 한 명 더 있으면 우리나라 타이어 회사들 대박 나겠네!'

통화를 마치고 노빈손이 또다시 혀를 쯧쯧 차는데, 담당 경찰관이 단상에 올라 브리핑 준비를 했다. 브리핑이 시작되기 직전, 숨을 헐떡거리면서 고생만이 들어왔다.

"엇, 선배. 정말 5분 만에 오셨네요."

고생만이 노빈손 옆자리에 앉아 노트북을 꺼내는 사이, 경찰관이 마이크 테스트를 했다. 노빈손의 심장이 쿵쾅대기 시작했다. 태연한 척 앉아 있었지만 고생만도 긴장되긴 마찬가지였다.

"아! 아! 기자님들, 잘 들리죠? 네, 아침부터 와 주셔서 감사합니다. 결론부터 말씀드리겠습니다."

'으으~ 떨린다, 떨려!'

노빈손은 다리가 후들거렸다. 그런 노빈손을 고생만은 걱정스러운 눈길로 바라보았다.

"수사 결과, 공장에서 화학 물질 유출은 일어나지 않은 것으로 확인됐습니다. 아울러, 피해를 입었다고 주장한 사람이 입원한 걸로 알려진 병원에 문의한 결과, 최근 화상으로 입원한 환자는 없었던 것으로 확인됐습니다."

경찰의 말이 끝나자마자 기자들은 일제히 고생만과 노빈손을 노려봤다. 노빈손은 시선을 어디에 둘지 몰라 고개를 푹 숙였고, 고생만은 가만히 앉아 땀을 삐질삐질 흘리고 있었다. 두 사람이 정신 못 차리는 사이, 다른 기자들의 질문이 쏟아졌다.

"그럼 고려일보에 실린 기사 내용이 허위라는 건가요?"

"공장 직원을 하나하나 확인했는데, 최근에 입원하거나 병가를 내고 결근한 사람도 없었습니다. 누군가 허위 제보를 한 것으로 추

정되는데, 그 부분은 아직 확인되지 않았으니 추후에 확인해서 말

씀드리겠습니다.”

경찰의 말이 끝나자 기자들 사이에서 고려일보를 비난하는 목

소리가 들려왔다. 고생만도 살면서 많은 고생을 했지만 이런 굴욕

은 처음이었다.

“뭐야! 그럼 쟤네, 확인도 없이 바로 기사 쓴 거야?”

“뭐야 뭐야? 진짜 그런 거야?”

분위기가 심각해지자 고생만이 노빈손의 옆구리를 쿡쿡 찌르며

주섬주섬 가방을 쌌다.

"빈손, 여기 있어 봤자 좋을 게 없겠다. 취재하는 것도 어려운 일이지만 취재 당하는 것도 괴로운 일이지……. 일단 나가자."

"뭐야 뭐야! 쟤네 일 저지르고 도망가는 거야?"

고생만과 노빈손이 나가자, 기자들은 들으라는 듯 더 큰 소리로 비난했다. 밖으로 나온 고생만은 땀을 닦으면서 바로 나승진에게 전화를 걸었다.

"부장. 포항 공장에서 화학 물질 유출 사고는 없었다고 합니다. 어떡하죠?"

"뭐? 장난해, 지금? 취재 제대로 하라고 내가 평소 그렇게 강조했는데! 일단 끊어."

나승진은 고생만에게 역정을 내고는 전화를 끊었다. 고생만은 황당함에 입을 다물지 못했다.

나승진의 굴욕, 노빈손의 눈물

"저도 좀 이상했는데, 부장이 그냥 올리라고 해서……."

"아니, 자기가 기사 올리라고 했으면 책임을 져야지. 정말 황당하네, 이 양반. 일단 회사로 가자."

고생만은 나쁜 말이 목까지 올라왔지만, 하얗게 질린 노빈손의 얼굴을 보며 꾹 참았다. 뒤에서는 다른 기자들과 경찰들이 손가락질하면서 쳐다보고 있었다. 창피한 둘은 뒤도 돌아보지 않고 경찰서를 나와서 택시를 잡았다.

"나 부장님, 이거 어떡하실 거예요?"

두 사람이 회사에 도착해서 보니, NG그룹 정직성 부장이 와서 나승진에게 따지고 있었다. 평소와 다르게 큰소리치지 못한 채 우물쭈물하고 있던 나승진은, 마침 고생만과 노빈손이 들어오는 걸 보더니 재빨리 대답했다.

"아이고, 정 부장님. 저희 노빈손 기자가 아직 인턴이라 상황 파악을 제대로 못 했던 모양입니다. 제가 더 잘 가르쳤어야 했는데……. 기사는 바로 내리겠습니다. 사과문도 바로 올릴게요. 정말 미안하게 됐습니다, 정 부장님."

노빈손은 기가 막혔다.

"네? 아니 부장께서……."

"어허, 조용히 해! 부장들 말씀하시는데."

나승진이 난데없이 윽박지르며 말을 가로막자 노빈손은 황당하기 짝이 없었다. 하지만 분위기를 보아하니 나서면 안 될 것 같아 일단 꾹 참았다. 정직성이 입을 열었다.

"에휴~ 알겠습니다. 고려일보와 관계도 있고 하니, 사과문 올리면 그걸로 끝내도록 하겠습니다. 하지만 거짓 제보를 한 사람은 끝까지 추적하겠습니다."

"아, 정말 고마워요, 정 부장. 사실 우리도 피해자예요. 그게 거짓 제보인지 어찌 알았겠습니까."

나승진은 전과 달리 굽신거리며 사과하면서도, 끝까지 자기 잘못을 인정하지 않았다. 나승진이 누군가에게 존댓말을 쓰는 것도 아주 드문 일이었다. 사무실을 나서는 정직성의 등 뒤에 대고 나승진은 허리를 숙였다. 정직성이 나가자마자 나승진은 고생만과 노빈손을 회의실로 데리고 들어갔다.

"이제 어떡할 거야, 노빈손?"

억울한 노빈손이 뭐라 이야기하려 하자 나승진은 급하게 먼저 입을 열었다.

"뭐? 뭐? 그럼 이게 내 잘못이라는 거야?"

"아니, 부장이 기사 쓰라고 하셨다면서요? 그럼 적어도 데스킹이라도 제대로 하셨어야죠."

평소 사람 좋던 고생만의 모습이 아니었다. 고생만이 지지 않고 공격하자 나승진이 씩씩거리며 뒷목을 잡았다. 하지만 기칠게 숨만 내쉴 뿐 고생만의 말에 반박은 하지 못했다. 결국 나승진은 둘러댈 말을 찾지 못한 채 도망치듯 회의실을 박차고 나갔다.

"에휴! 말싸움해 봤자 해결될 것도 아니고⋯⋯. 그나저나 지금쯤 우리가 오보 냈다는 기사가 엄청 올라왔을 텐데, 어떻게 해결해야 하나."

노빈손은 떨리는 손으로 스마트폰을 꺼내 기사를 확인해 봤다. 아니나 다를까 '고려일보 오보'라는 내용의 기사가 수도 없이 있었고, 밑에는 악플이 한가득 달려 있었다. 노빈손을 겨냥한 악플도 보였다.

'내가 저기 인턴 면접 때 쟤랑 같이 들어갔었는데, 자기가 화성에 다녀왔다고 했음. 그런 헛소리를 하고도 합격한 걸 보니, 고려일보의 채용 비리도 의심됨.'

"아니, 선배. 이런 악플은 신고할 수 없나요? 화성엘 다녀와서 화성에 다녀왔다고 한 건데, 내가 무슨 채용 비리를……."

노빈손의 눈에는 눈물이 고여 있었다.

 ## 사건의 내막

노빈손이 눈물을 흘리는 사이, 한 건물 지하실에서는 정체 모를 대화가 오가고 있었다.

"귀재야, 수고했다. 이제 계획대로 진행하면 되겠군. 흐흐!"

"감사합니다, 보스. 고려일보는 오보 때문에 신뢰가 바닥으로 떨어졌습니다. 당분간 김정열 의원 사고는 파고들지 못할 겁니다. 고생만 녀석, 분해서 이를 갈고 있겠군요. 하하! 옛날에 같이 일했던 나승진 부장도 제가 보낸 제보 사진을 본 것 같은데, 역시 저를 알아보지 못한 모양이네요."

귀재는 그제야 안심한 듯 얼굴에 칭칭 감았던 붕대를 풀면서 말했다.

"고려일보의 손발을 묶어 놨으니 최세명 의원님하고 기현그룹 신기현 회장님이 흡족해하시겠군. 신 회장님이 500층 빌딩 지으려고 최 의원님한테 바친 돈이 얼만데……."

"네네, 그렇죠. 우리나라에도 500층짜리 초고층 빌딩이 생기면 좋아할 일인데, 그걸 그렇게 반대만 하고 있으니, 원. 김정열 의원한테는 미안하게 됐지만, 이게 다 나라를 위한 일 아니겠습니까. 흐흐흐."

"웃지 마, 이 자식아! 네가 그때 돈 상자만 제대로 배달했어도 이렇게 일이 복잡해지진 않았을 텐데! 으이구~!"

"아, 이미 지난 일인데……. 차가 너무 똑같아서 어쩔 수 없었다고요, 보스. 그래도 제가 그때 실수를 만회하려고 이렇게 열심히 달리고 있지 않습니까! 잘 좀 봐주십쇼, 헤헤."

보스는 그런 귀재를 잠시 노려보다가 이내 표정을 풀었다.

"그래, 녀석. 고생 많이 했다! 김정열 의원도 자기가 잘못 받은 걸 돌려주면 그만인데, 굳이 그게 어떤 돈인지 파헤치려고 한 게 잘못이지."

"네, 맞습니다. 아무튼 이제 고생만이랑 노빈손도 조용히 있을 거고, 빌딩 건설에 반대하는 녀석들도 조용히 있을 테니 방해꾼들이 다 사라지겠네요."

맞장구치며 보스에게 아부를 떨던 귀재가 조심스럽게 말했다.

"그런데, 보스. 저……."

"왜? 또 무슨 처리해야 할 일이 남은 거야?"

"그게 아니라요……. 사실 제가 경찰로도 분장하고, 구라신문에 정보도 제공하고, 환자 분장을 하고 병원에까지 숨어들고…… 그러면서 돈도 많이 들었는데……. 보상은 확실한 거겠죠? 헤헤."

"그건 걱정하지 마. 지금 분위기 그대로 이어지면, 다음 대통령 선거에서 최세명 의원님이 당선되는 건 따 놓은 당상이야. 그렇게 되면 나는 국정원장, 너는 못해도 부장 직함은 달게 되겠지. 그리고 일이 잘되면 나중에 신 회장님이 금전적으로 적극 지원해 주겠다 했다고. 캬캬!"

"정말요? 으하하하! 생각만 해도 정말 신나네요! 기자 정신 발휘한다고 잘난 척하던 고생만 녀석 콧대도 꺾어 주고, 일석이조네요. 감사합니다, 보스!"

노빈손, 근신 조치 당하다

노빈손은 눈시울이 붉어진 채 회의실을 나왔다. 그런 노빈손을 보며 편집국 사람들이 수군거렸다.

"저 인턴, 한 건 한 줄 알았더니 한 방 먹은 거였네."

노빈손은 억울하다고 외치고 싶었지만, 아무 말 없이 서 있는 고생만을 보면서 말을 삼켰다. 어깨를 축 늘어뜨린 채 자리로 돌아가는데, 국장실에서 나오던 나승진이 고생만과 노빈손을 불렀다.

"어이, 너희 둘. 국장실로 가 봐."

나승진의 얼굴에는 오묘한 웃음기가 서려 있었다. 고생만과 노빈손은 고개를 갸우뚱하며 국장실로 들어갔다. 국장은 심각한 표정으로 말했다.

"혈기 왕성한 인턴 기자니까 이해는 하겠는데, 그래도 사태가 너무 커졌어. 노빈손 너는 당분간 편집국 업무에서 배제하도록 하겠다. 근신 좀 하고 있다가, 잠잠해지면 그때 다시 기사 쓰는 걸로 하자고."

억울한 일을 당한 후배를 그냥 두고 볼 수 없었던 고생만이 입을 열었다.

"국장. 노빈손이 실수한 건 맞는데요, 직무 배제는 좀 지나친 것 같습니다. 아직 일이 서툴러서 그랬으니, 이번만 봐주시면 제가 잘

오늘 국장님이 화가 좀 나셨네요! 언론사 편집국(보도국)의 총 책임자가 바로 국장이에요. 국장은 그 언론사의 기사(뉴스) 제작을 총 지휘하면서, 기자들이 외부의 압력에 굴하지 않고 소신 있게 취재와 보도를 할 수 있도록 든든한 바람막이가 되어 주어야 하는 중요한 임무를 띠고 있죠.

교육해서 다시는 이런 일이 없도록 하겠습니다."

"야, 고생만. 너한테도 문제가 있어. 너도 직무 배제 조치 하려다가, 그간 묵묵히 열심히 한 걸 아니까 내가 특별히 봐준 거야."

"네? 그게 무슨 말씀이신지……."

예상치 못한 국장의 말에 고생만은 당황했다.

"나 부장한테 다 들었다. 네가 노빈손을 잘 챙겼어야 하는데 그러지 못했다면서? 이번 취재 관리도 그렇고."

"네? 국장, 이번 취재에서 저는……."

"됐어. 그만 나가 봐. 자세한 얘기는 나 부장하고 하라고."

말문이 막힌 고생만은 씩씩거리면서 국장실을 나왔다. 노빈손이 인턴 기자 생활을 하면서 고생만이 이처럼 화가 난 모습은 본 적 없었다. 고생만은 나승진을 향해 직진했다.

"아니, 부장. 왜 책임을 저한테 덮어씌우세요? 제가 언제 관리를 맡았다고."

"무슨 소리야? 걔 첫 출근한 날에 내가 얘기했잖아, 너한테. 인턴 잘 챙기라고."

얼굴에 철판을 깐 나승진은, 많은 기자들이 보는 가운데서 고생만을 면박 주기 시작했다. 고생만도 지지 않았다.

"그건 처음에만 그랬고, 나중에는 부장이 데리고 다녔잖아요."

"아니, 그럼 이게 내 잘못이란 거야? 내가 너라면, 지금처럼 부장한테 대들 시간에, 실수 만회하려고 밖에 나가서 취재 하나라도 더 해 오겠어. 시끄럽고, 나가서 기삿거리나 찾아 와. 나는 중요한 취재원과 약속 있어서 나가야 하니까."

나승진은 막무가내로 소리치고 밖으로 나가 버렸다. 한바탕 소동이 일자 편집국 사람들이 수군거리면서 고생만과 노빈손을 쳐다봤다. 노빈손은 뒤통수가 따끔따끔했다.

"선배, 저희도 나가서 얘기하는 게 어떨까요? 여기 있어 봤자 별로 좋을 게 없을 거 같은데요."

고생만은 대답 대신 한숨을 내뱉으며 밖으로 나갔고, 노빈손은 그런 고생만의 뒤를 따랐다. 고생만은 어딘가 멀리 떠나고 싶었지만 체력이 부족해서 오래 걷지는 못하고 회사 앞 카페로 들어갔다. 카페에 앉은 고생만은 정신이 좀 돌아온 듯했지만, 노빈손은 아직 어안이 벙벙했다.

"그러면 안 되는데 너무 흥분해 버렸네. 빈손아, 너무 기죽지 마라. 기자는 안에서는 욕먹어도 밖에서는 당당해야지."

"선배……. 오보가 이렇게 무서운 건 줄 몰랐어요. 아무래도 전 기자 자질이 없나 봐요."

노빈손이 풀 죽은 목소리로 말하자 고생만은 걱정 어린 표정으로 대답했다.

"뭔 소리를 하는 거야. 국장이나 부장이나, 모두 일선 기자 시절에 다 오보 한두 번은 냈던 사람들이야. 오보를 한 번도 내지 않은 기자를 찾는 건 하늘의 별 따기라고. 여기서 포기하면 실패자가 되는 거야. 인턴 치고 그 정도 취재를 했다는 사실 자체가 대단한 거니까, 제발 풀 죽어 있지 말라고."

칭찬에 약한 노빈손은 고생만의 한마디에, 언제 그랬냐는 듯 원래의 모습으로 돌아왔다.

"역시 그렇죠? 다른 인턴이었으면 이런 일 자체가 없었을 텐데, 저 정도 되니까 이런 일도 겪는 거라고요. 하하! 선배, 그럼 우리가 복수를 해야 하지 않을까요?"

"워워~ 너무 서두르지 말자고. 왜 이런 일이 생겼는지부터 생각해야지. 맞다! 까먹고 있었는데, 아무래도 그 녀석을 한번 제대로 알아봐야겠어. 내가 예전에 오보 때문에 회사 그만둔 동기가 있다고 얘기한 거, 기억하지? 아무래도 그 녀석이랑, NG그룹 사고 허위 제보한 사람이랑, 목소리가 너무 비슷하단 말이야. 지금 뭐 하며 지내는지 알아보고 올게. 전에 얘기한 대로, 잘하면 김 의원 사고의 실마리도 풀 수 있을지 몰라."

고생만은 나갔던 정신이 완전히 돌아왔는지 평소처럼 말이 느려졌다. 하지만 눈빛만큼은 반짝반짝 빛났다.

드디어 드러난 불한당의 정체

고생만과 헤어진 후 노빈손은 사무실로 돌아갔다. 사회부에는 나승진도 없고 고생만도 없었다. 어디 갈 데도 없고 불러 주는 사람도 없어서 노빈손은 혼자 앉아 모니터만 처다봤다. 다른 부서 기자들도 전부 취재하러 나가고 없어서, 딴짓을 해도 눈치 볼 필요가 없을 정도였다. 한참 혼자서 외로움을 곱씹다 보니 함께 있던 고생만에 대한 고마움이 새삼 느껴졌다.

"아, 심심해서 더는 딴짓 못 하겠다! 인터넷으로 기사나 좀 볼까."

포털 사이트에 들어가 주요 뉴스를 훑기 시작했다. 눈에 띄는 기사가 있었다.

기현그룹, 용산에 500층 규모 빌딩 착공 임박

"500층에서 아래를 내려다보면 어떤 기분일까. 나한테 저런 건물 하나 있으면 이렇게 회사 다니면서 고생할 필요도 없을 텐데."

노빈손이 중얼거리는 사이, 고생만이 사무실로 헐레벌떡 뛰어들어왔다. 고생만은 곧장 노빈손에게 달려가 스마트폰을 꺼냈다.

"빈손아, 이거 좀 봐 봐. 제보한 사람이 혹시 이 사람이야?"

고생만은 증명사진 하나를 보여 주며 말했다. 노빈손은 한참 들여다보다가 고개를 가로저었다.

"잘 모르겠어요. 그때 제보자가 얼굴에 붕대를 감고 있어서……. 제보 이메일에 있었던 사진에서 얼핏 본 모습하고 좀 닮은 거 같긴 한데……."

"잘 생각해 봐. 내가 좀 알아보니까, 아무래도 이 녀석이 우리를 혼란스럽게 하려고 쓸데없는 거짓 정보를 흘리는 거 같아."

고생만의 재촉에 노빈손은 빽빽한 머리를 억지로 굴려 보았다. 첫 출근 날부터 어제 있었던 일까지 모두 생각하다 보니, 뭔가 머릿속에 스치는 게 있었다.

"아, 이 사람! 그때 그 경찰 아니에요? 경찰서 브리핑 때 의자 가져다 준 사람 같은데요."

"뭐? 경찰서에서 봤다고? 허허~ 이 녀석, 뭔가 일을 꾸미는 게 확실하네!"

"네? 그게 무슨 소리예요?"

고생만은 그럴 줄 알았다는 듯 확신에 찬 눈빛을 하고 있었고, 영문을 모르는 노빈손은 그런 고생만을 지켜만 봤다.

"이 녀석, 내가 말한 그 입사 동기야. 맨날 특종 특종 하면서 확인되지 않은 내용으로 뉴스 쓰다가 결국엔 쫓겨났지. 지금 뭐 하는지 좀 알아보니, 기자 경험 살려서 무슨 정보 수집 업무 같은 걸 하고 있다 하더라고. 녀석, 이런 일까지 할 줄이야……."

"정보 수집이요? 그런 직업이 있어요?"

"무슨 일에서건 정보는 중요하니까, 누구든 정보를 얻으려고 하지. 그런 정보 수집 자체가 나쁜 건 아닌데, 문제는 그 절차와 방법이 정당하냐 하는 거야. 애처럼 이렇게 거짓 정보 만들고 퍼뜨리는 건 당연히 불법이고. 우리, 그 배후를 좀 찾아보자고."

거짓 정보 이야기를 듣자 노빈손은 걱정이 앞섰다. 인턴 기자가되기 전, 아는 사람으로부터 '받은 글. 연예인 아무개와 아무개 열애 중'이라는 메시지를 받고는 신기해했던 적이 있었다. 남들은 잘모르는 중요한 정보를 알게 됐다는 기쁨에 들떠, 그걸 친구들에게다시 보내기도 했었다. 그런데 그날 밤 '열애설 사실무근, 루머 유포자 처벌할 것'이라는 뉴스가 나왔고, 노빈손은 한동안 걱정에 잠을 못 이뤘다. 다행히 경찰에 불려간 일은 없었지만, 그 뒤로도 한참 공포에 떨어야 했다.

게다가 노빈손은 아직도 오보의 충격에서 벗어나지 못한 상태였다. 또 오보를 냈다가는 나승진에게 크게 혼나는 건 둘째 치고, 온갖 악플과 비난에 시달려야만 하니까.

"선배, 우리가 과연 배후를 찾아낼 수 있을까요? 그리고 또다시실수하기라도 한다면……."

"무슨 약해 빠진 소리야! 나 혼자 취재할 때는 종종 이런저런 문제가 생겼는데, 너랑 같이 취재 다니면서부터 문제가 훨씬 줄었다

여러분도 노빈손처럼 어디서 주워들은 솔깃한 거짓 정보를 친구들에게 전한 적있나요? 거짓 정보는 엉뚱한 피해자를 만들 뿐 아니라, 사회에 다져진 신뢰의문화를 해치는 아주 위험한 독버섯이에요. 거짓 정보를 지어낸 사람은 물론, 퍼뜨린 사람까지도 처벌받을 수 있으니 조심해야 해요.

고. 우리 둘이 하면 잘 해낼 수 있으리라고 나는 믿어. 그리고 우리가 거짓 정보를 만드는 것도 아닌데 무서울 게 뭐가 있어?"

노빈손이 여전히 망설이자 고생만은 노빈손의 어깨를 두들기며 용기를 북돋워 줬다.

"어쩌면 김정열 의원 테러 사건을 숨기기 위해 계속해서 이런저런 일들을 벌이고 있는 걸지도 몰라. 우리도 우리지만, 사회의 정의를 위해서라도 우리가 가만히 있을 수는 없잖아."

봉사 활동도 제대로 해 본 적 없는 노빈손에게 '사회 정의'는 너무 큰 일이었다. 그런데 왠지 욕심이 났다.

'맞다! 슈퍼맨도 사실은 기자였다지, 아마?'

'사회 정의' 이야기에, 노빈손은 갑자기 자신이 슈퍼맨이라도 된 듯 힘이 불끈 솟았다.

"알겠어요, 선배! 빨리 배후를 찾아 나서요. 근데 어디서부터 찾아야 하죠?"

"우선 김정열 의원에 대해 알아보자고. 기사를 샅샅이 뒤져서, 최근 김정열 의원이 어떤 활동을 하고 있었는지부터 알아보자."

노빈손이 오보 때문에 괴로워하고 있네요. 언론에서도 이처럼 잘못된 정보를 전하는 경우가 이따금 있고, 여러분이 좋아하는 SNS나 동영상 플랫폼에는 가짜 뉴스도 많이 돌아다녀요. 학교에서 '미디어 리터러시' 수업을 잘 들어 두면, 옳고 바른 정보를 가려내는 힘을 기를 수 있답니다!

폭풍 검색, 새로운 단서 발견!

노빈손은 포털 사이트에서 '김정열 의원'으로 검색하기 시작했다. 김정열 의원에 대한 기사는 너무 많아서 어느 기사부터 읽어야 할지 막막했다.

"선배, '김정열 의원'으로 검색하니 관련 기사가 수십만 개는 되겠는데요. 이걸 하나하나 다 읽으려면 시간이 너무 많이 걸릴 거 같아요."

"당연히 그걸 다 읽지는 못하지. 김정열 의원에 집중한 기사만 보면 되니까, 검색 설정에서 제목에 '김정열 의원'이 필수로 들어가도록 설정해서 검색해 보라고. 또 그것들을 다 읽을 필요 없이, 제목만 보면 대충 김정열 의원이 무슨 활동을 하고 다녔는지 알 수 있잖아. 이걸 '리서치'라고 하는데, 기사 쓰기 전에 사전 작업을 하는 거야."

고생만의 조언에 따라 노빈손은 열심히 검색에 몰입했다. 한참 동안 기사들을 들여다보던 노빈손 눈에 인상적인 기사 히니기 들어왔다. 사고가 나기 전, 김정열 의원이 기현그룹 빌딩 건설에 대한 반대 논평을 낸 것이었다.

'기현그룹 빌딩 이야기는 나도 몇 번 들었는데, 김정열 의원이 이런 의견을 냈었구나.'

관심이 생긴 노빈손은, 이번에는 김정열 의원과 기현그룹을 같이 검색해 봤다. 기사를 읽어 보니 김정열 의원은 반년이 넘도록 빌딩 건설을 반대해 왔다.

"가만…… 아까 기현그룹이 빌딩을 건설한다는 기사를 봤는데."

다시 오늘 뉴스를 찾아보니 기현그룹이 곧 빌딩을 착공한다는 기사가 분명히 있었다. 건설에 반대하는 김정열 의원에게 사고가 나자마자 빌딩 건설에 들어간다니, 뭔가 수상한 냄새가 났다. 하지만 혼자 판단을 내릴 일은 아니었다.

"선배, 이 기사 좀 보세요."

"어, 그렇지 않아도 나도 그 부분을 확인했어. 그런데 기현그룹은 김정열 의원에 대한 얘기는 하지도 않고, 김정열 의원 보좌관은 파장을 우려해서 그러는지 말하기 조심스러워하는 눈치더라고."

"아, 그렇군요."

"응. 아무래도 그 운전기사 아들을 다시 만나 봐야겠어. 그때 사고에 대한 질문만 했지, 김 의원의 빌딩 반대 관련 이야기는 한 적이 없잖아. 기사는 운전을 하면서 차 안에서 의원하고 이런저런 얘기를 많이 하니까, 뭔가 이야기를 들었거나 자료를 갖고 있을지 모른다고. 지푸라기라도 잡아 봐야지."

"선배. 얼른 가요, 우리!"

노빈손은 덜컥 말해 놓고는 곧 흠칫했다. 지난번에 기사 아들

인터뷰를 갈 때 자기가 대신 냈던 택시비를 아직 못 돌려받은 게 생각난 것이다. 노빈손의 생각을 아는지 모르는지, 고생만은 반짝이는 눈빛으로 스마트폰을 집어 들었다.

"여보세요. 아, 안녕하세요. 얼마 전 찾아뵈었던 고려일보의 고생만 기자입니다."

"아, 기자님 안녕하세요."

"네. 사실은 저희가 사고에 대한 새로운 단서를 발견했는데, 그것과 관련해서 혹시 아시는 내용이 있을까 해서요. 괜찮으시다면 오늘 뵙고 싶은데, 시간 있으신가요?"

"그럼요. 6시에 퇴근하니까 그 이후에는 가능합니다."

"아, 지금 출발하면 6시쯤 되겠네요. 그럼 이따 뵙겠습니다."

고생만은 가방을 둘러메고는 노빈손의 어깨를 툭 쳤다.

"가자, 노빈손."

"네? 네, 선배. 근데…… 저 오늘은 돈이 없는데, 택시비는 선배가 내시는 거죠?"

"뭐? 하하하! 걱정 마. 지난번에 빌린 돈도 갚을 테니까."

운전기사 아들의 증언

택시를 탄 노빈손과 고생만은 6시에 딱 맞춰 운전기사 아들의 회사 앞에 도착했다.

"2만 원입니다."

"네. 여기 카드요."

고생만이 여봐란듯이 지갑에서 카드를 꺼내 내밀었다. 자신 있는 표정이었다.

삐비빅.

"어, 손님. 이 카드 정지됐나 본데요?"

"어? 그럴 리가 없는데……. 아차! 오늘 지갑 챙길 때 카드를 잘 못 넣어서 가져왔네. 빈손아, 미안한데 이번에도 좀 부탁한다."

고생만이 머리를 탁 치면서 말하자 노빈손이 어이없다는 표정으로 쳐다봤다.

"아니, 정지된 카드를 갖고 다니는 사람이 어딨어요?"

"아, 미안 미안. 오늘 아침부터 너무 흥분한 나머지 제대로 못 챙겼나 봐."

어쩔 수 없이 노빈손이 또 돈을 냈다. 어린 시절 동네 불량배들한테 돈을 빼앗겼을 때보다 더 억울했다. 노빈손은 입을 삐쭉 내밀면서 택시에서 내리고는 혼자 성큼성큼 걸어갔다. 저 앞에서 기사

아들이 손을 흔들고 있었다. 노빈손은 억울한 마음을 뒤로하고, 그에게 반갑게 다가갔다.

"안녕하세요, 기자님. 먼 길 오시느라 고생하셨어요."

운전기사 아들은 이전에 봤을 때보다 훨씬 얼굴이 밝아 보였다. 울분에 찬 모습도 약간은 사라졌고 말투도 부드러워졌다.

"안녕하세요. 오늘 표정이 좋아 보이시네요."

"네. 아까 병원에서 연락이 왔는데요, 다행히 아버지 생명에는 지장이 없을 거라고 하네요. 아직 의식은 회복하지 못하고 있는데 잘하면 조만간 회복할 수 있을 거 같대요."

"정말요? 다행이네요!"

오늘 여러 일 때문에 기분이 나빴던 노빈손도 그의 밝은 표정을 보니 마음이 누그러졌다. 세 사람은 회사 앞 카페로 들어가 대화를 시작했다.

"기자님, 뭐 드시겠어요?"

"아이고, 저희가 사야죠. 어떤 걸로 드시겠어요?"

고생만이 기사 아들의 팔을 잡으며 지갑을 꺼냈다. 그의 지갑에 있는 카드가 먹통이라는 사실을 아는 노빈손은 고생만의 팔을 붙잡았다.

"선배, 낼 돈도 없으면서!"

"괜찮아~ 여기 빽다방이잖아. 나한테 빽다방 쿠폰이 몇 개 있거든. 자, 편하게 주문하세요."

고생만이 음료를 주문하는 사이, 노빈손과 기사 아들의 대화가 시작됐다.

"그나저나, 기자님. 새로운 단서가 뭔가요?"

"아, 혹시 기현그룹이라고 아시나요?"

"기현그룹요? 워낙 유명한 대기업이니까 당연히 알죠. 근데 기현그룹이 왜요?"

"아, 저희가 좀 알아봤는데, 김정열 의원이 기현그룹하고 사이가 별로 좋지 않았더라고요. 혹시 그것과 좀 관련이 있지 않을까 싶어서요."

"하, 글쎄요. 제가 뉴스를 잘 안 봐서 정치에 대해서는 잘 모르거든요."

그때 고생만이 음료 세 잔을 들고 나타났다.

"감사합니다, 기자님. 잘 마실게요."

"선배, 공짜 음료 잘 마시겠습니다아."

노빈손이 눈을 흘기며 고생만에게 꾸뻑 인사를 했다.

"어, 그래그래. 자, 드시면서 말씀 들어 보세요. 아무래도 김정열 의원을 노리는 세력이 있는 거 같아요. 이번 사고가 어떤 비리랑 연관이 있는 거 같기도 하고. 그래서 혹시 김정열 의원에 대해 아버님께 들은 이야기가 있다면, 뭐가 됐든 좀 듣고 싶어서요."

"음…… 어쩌죠? 딱히 생각나는 건 없는데요. 아버지가 평소에 워낙 입이 무겁기도 하셨고요."

"어떤 이야기든 괜찮습니다. 근래에 평소와 좀 달랐던 게 있으면 그런 것도 말씀 부탁드릴게요."

고생만이 간절한 눈빛으로 부탁하자 기사 아들은 곰곰 생각하기 시작했다. 그러다가 무언가 생각난 듯 테이블을 탁 치며 말했다.

"맞다! 이런 일이 있었어요. 사고 나기 일주일쯤 전에 아버지가 귀가하시는 길에 집 앞에서 마주쳤었죠. 차를 정리하시면서 트렁크를 열었는데, 웬 커다란 상자가 있더라고요. 아버지 말씀이, 어떤 사람이 김정열 의원님한테 드려야 할 서류라면서 보관했다가 전해 드리라고 했다는 거예요. 그게 엄청 큰 상자여서 기억에 남아요."

고생만과 노빈손이 눈을 동그랗게 뜨면서 흥분을 감추지 못했다.

"아, 그래요? 그 상자, 지금도 갖고 계세요?"

"아뇨. 의원님 드릴 거니까 그대로 다시 가져가셨죠. 상자를 열어 보지 않아서 안에 뭐가 들었는지는 모르겠네요."

"그럼, 상자를 준 사람 얼굴은 기억하시나요?"

"제가 본 게 아니라서 당연히 모르죠."

고생만과 노빈손의 얼굴에는 실망감이 흘렀다. 그때 기사 아들이 다시 한번 테이블을 치면서 얘기했다.

"아! 사고 나기 전에, 블랙박스가 너무 오래됐다면서 아버지가 새 블랙박스로 바꿔 다셨는데, 헌 블랙박스가 집에 그대로 있을 거예요. 거기 뭔가 영상이 남아 있을 수 있겠네요. 집에 가서 확인해 볼게요."

"와, 진짜요? 꼭 좀 부탁드립니다!"

고생만은 드디어 뭔가 건졌다는 듯 들뜬 목소리로 대답했다.

4

노 인턴은
참지 않지!

블랙박스에 딱 걸렸어!

노빈손은 집에 돌아오자마자 씻고 침대에 누웠다. 노빈손답지 않게 야식도 거르고 누워서 오늘 있었던 일을 되뇌며 내일 일정을 생각했다. 자칫 강제 다이어트에 돌입하게 생겼다고 생각할 때 갑자기 말숙이한테 톡이 왔다.

— 오늘은 어땠어? 요즘 연락도 별로 없는 거 보니 바쁜가 보네?

— 그러게, 내가 요즘 엄청 바빴지. 대형 특종을 준비하고 있거든.

— 특종은 무슨. 인터넷 보니까 너 오보 냈다고 악플 투성이던데. 이제라도 학교로 돌아가는 게 어때?

말숙이의 톡을 본 노빈손은 속이 상했다. 오보를 내기는 했지만 나름의 사정이 있었는데, 하는 억울한 마음도 들었다. 기사 하나에 이렇게 책임이 따르는 줄은 전엔 상상도 못 했었다. 그렇지만 말숙이에게 굳이 내색하지 않았다. 말없이 멋진 사람으로 성장하는 모습을 보여 주고 싶었다.

— 사람이 실수할 수도 있는 거지. 이번엔 내가 진짜 끝내주는 기사를 보여 줄게!

— 오, 그래? 기대해 볼게! 악플은 너무 신경 쓰지 말고 푹 자 둬.

다음 날 아침, 노빈손은 오전 9시에 딱 맞춰 출근하는 데 성공했다. 회사에 다닌 지 꽤 됐는데 아직도 정시 출근은 힘든 일이었다.

"휴~ 지각할 뻔했네."

자리에 앉아서 주위를 돌아보니 사회부에는 아무도 출근한 사람이 없었다. 그때 고생만이 헐떡헐떡하면서 사무실로 들어왔다.

"늦어서 미안, 빈손. 요 앞에 교통사고가 나서 길이 막혔어."

"에이, 선배는 어째서 가는 길마다 그렇게 사고를 일으키고 다니세요? 말로만 듣던 마이너스의 손이신가……."

노빈손이 장난스럽게 말하자 고생만이 겸연쩍은 듯 웃으며 머리를 긁었다.

"아, 그건 그렇고. 오는 길에 블랙박스 영상 데이터를 받았어. 어디 한번 확인해 보자고."

고생만은 노트북에 USB를 꽂고 화면을 재생시켰다. 노빈손은 두근거리는 심장을 부여잡고 화면을 뚫어져라 쳐다봤다. 화면에는 남자 두 명이 등장해 상자를 나르고 있었고, 그중 모자를 쓴 사람이 어딘가 낯이 익었다.

"앗, 이 사람! 제가 경찰서에서 본 그 경찰이랑 비슷하게 생겼는데요?"

"어, 진짜? 그렇다면 이제 진짜 확실해졌네! 이 녀석들, 뭔가 일을 꾸미는 게 분명해."

화면 속 두 사람은 상자를 차 트렁크에 넣고 어딘가로 사라졌다. 그 모습을 보던 고생만은 알겠다는 듯 흡족한 미소를 보였다.

"선배. 모자 쓴 사람은 그때 그 경찰이 맞는 거 같은데, 마스크 쓴 저 사람은 누굴까요?"

"저 사람, 기현그룹에서 대관 담당하는 사람 같아. 예전에 모임에서 본 적 있는데, 눈매가 아주 독특했거든."

"네? 대관 담당요? 그게 뭐예요?"

"대관이란 건, 주로 기업에서 정부 기관이나 정치권하고 소통하는 업무를 말하는 거야. 대관 담당자가 저렇게 의문의 상자를 전달하고 있다니. 말로만 듣던 정경 유착의 현장일지도 모르겠는걸."

고생만의 설명을 들은 노빈손은 드디어 복수할 기회가 찾아왔다는 생각에 흥분을 감추지 못했다.

"선배, 그럼 이거 빨리 기사로 내야죠. 기사는 제가 쓸까요?"

"기다려 봐. 일단 저 상자에 뭐가 들었는지도 모르고, 기현그룹이 어떤 일을 꾸미는지도 아직 알 수 없잖아. 어설프게 썼다가 또 저번처럼 물먹으면 곤란하다고. 좀 더 알아보고 나서 쓰기로 하고, 오늘은 일단 다른 적당한 기사를 쓰자고."

기현그룹이 서두르는 까닭은?

"선배, 그럼 오늘은 무슨 기사를 쓰죠?"

노빈손이 짧게나마 기자 생활을 하면서 가장 힘들어 보였던 건 바로 '발제'였다. 딱히 눈에 띄는 기삿거리가 없어도 뭐라도 만들어서 발제해야 하는 게 기자의 일상이었다.

"지금까지 취재한 게 아까우니까 기현그룹 기사를 써야 하지 않겠어? 거창한 의혹 제기보다는, 그 500층 빌딩 진행 상황이나 쓰자고. 김정열 의원이 중태에 빠진 사이에 공사 서두르는 걸 기사에 언급하고. 아, 그리고 시민단체 의견을 넣어 주면 좋겠네."

고생만의 입에서 기삿거리가 술술 나오자 노빈손은 흠칫 놀랐다.

'와! 선배는 맨날 지각이나 하고 행동도 느리고 그래서 별로 기자 같아 보이지 않았는데, 기삿거리를 머릿속에 늘 준비하고 있나 보네! 역시 기자는 기자구나……'

고생만은 가방을 메고 노빈손의 어깨를 두드렸다.

"가자, 노빈손."

두 사람은 잠시 후 500층 빌딩 공사 현장에 도착했다. 노빈손이 현장에 가까이 다가가려 하자 고생만이 붙잡았다.

"잠시 기다려. 우리가 기자라고 하면 저 현장 작업자들이 경계할지 모르니, 전략을 세우고 다가가자고."

'발제'란 기자가 기삿거리를 찾아서 '데스크'에 보고하는 걸 말해요(노빈손이 일하는 사회부의 데스크는 나승진 부장이에요). 이렇게 기자들이 보고한 기삿거리는 편집회의에서 채택되어야 실제 기사로 작성될 수 있죠. 일간지의 기자들은 이 '발제'를 매일 해야 하니 늘 기삿거리를 찾으려고 애쓴답니다.

"전략이요? 뭐 좋은 생각 있으세요?"

"아…… 음…… 글쎄, 어떻게 하면 좋을까?"

"아이, 선배~ 아까 기삿거리 떠올릴 때는 진짜 기자 같더니, 현장 나오니까 좀 그런데요? 크크."

"흠흠…… 그런 넌, 뭐 좋은 생각 있냐?"

"이보세요, 고 기자님. 제가 시키는 대로 한번 해 보시죠. 엣헴!"

고생만이 작업자들에게 다가갔다. 그 뒤를 노빈손이 총총걸음으로 뒤따라갔다.

"안녕하세요, 말씀 좀 묻겠습니다. 혹시 여기 공사 언제 시작했나요?"

"누구쇼, 당신은?"

"제가 중소기업을 하나 운영하고 있는데요, 여기 입지가 좋다고 해서 빌딩 완공되면 사무실을 이리로 옮겨 볼까 해서요. 공사가 언제 끝나는지도 궁금하고."

"보면 모르시나? 어제 공사 시작했어요. 아까 감독관이 그러는데, 원래는 2025년 완공 예정이지만 2023년 완공으로 목표를 앞당겼다 하더라고. 그나저나 무슨 회사를 운영하는데 이 비싼 곳에 들어오려고 그러쇼?"

"그냥 뭐, 조그만 IT 업체 하나 하고 있습니다. 근데 왜 빨리 공사를 진행하려는 건가요?"

"내가 그런 걸 어떻게 알아요. 그리고 그런 건 본사 사무실 가서 물어봐야지. 바쁘니까 이만 비키쇼."

말이 끝나기 무섭게 작업자는 공사 현장으로 들어갔다. 고생만은 대답을 듣긴 했지만 뭔가 아쉬운 눈치로 그의 뒷모습을 쳐다봤다.

"아쉽네. 조금만 더 말해 주시지. 자, 여기 계속 있으면 관리자가 나타날지 모르니까 이만 돌아가자고. 이 정도면 짧게라도 기사는 쓸 수 있겠어."

"근데 선배. 기사 나가고 나서 기현그룹에서 아니라고 하면 어떡하죠?"

오보의 충격에서 아직 벗어나지 못한 노빈손이 걱정스럽게 물었다. 그러자 고생만이 주머니에서 주섬주섬 스마트폰을 꺼냈다.

"후훗, 내가 녹음을 하고 있었지. 내가 직접 대화하는 걸 녹음하는 건 불법이 아니라고. 그래도 기현그룹의 입장을 듣긴 해야 하니까, 이따 홍보실에 전화해서 물어보는 건 잊지 말라고."

"네? 제가요?"

"그럼! 여기 취재는 내가 했으니까 그 정도는 네가 해야지."

사무실로 돌아온 후 고생만은 책상에 앉아 기사를 쓰기 시작했고, 노빈손은 기현그룹에 전화를 넣었다.

"선배, 기현그룹에서 맞다고 하네요. 상황에 따라 공사 기간이 길어질 수는 있지만, 일단 2023년을 목표로 하고 있대요."

"그래? 왜 갑자기 공사를 시작했는지는 물어봤어?"

"어…… 그건…… 그냥 때가 돼서 하는 거라고 하던데요."

노빈손은 공사 시작 이유를 듣긴 들었지만 별로 중요한 내용은 아니라고 생각해서 한 귀로 듣고 한 귀로 흘렸었다. 김정열 의원이 중태에 빠진 사이에 서둘러 시작하는 거 아니냐고 분명히 물어볼 걸, 하는 후회가 들었다. 다행히 고생만은 별말 안 하고 넘어갔다.

"좋아. 그럼 공교롭게 김정열 의원이 중태에 빠진 사이에 공사 서두르고 있다고 기사를 쓰면 되겠군. 2023년 완공 목표는 아직 다른 언론사에서 나온 이야기가 아니니까 차별성도 있고. 부장이 없으니까 이렇게 마음이 편한걸."

그러고 보니 하루 종일 나승진이 보이지 않았다. 아무리 게으른 사람이어도 회사를 땡땡이친 적은 없었는데, 어찌된 건지 노빈손은 궁금했다.

"선배, 부장은 어디 계세요?"

"아, 부장 오늘 휴가야. 그러니 기사는 국장께 바로 넘기면 돼."

"오, 정말요?"

"응. 일단 오늘 자 기사는 다 썼으니 너는 좀 쉬고 있어. 나는 잠깐 나갔다 올 테니까."

한편 기현그룹에서는 인터넷에 올라온 고생만의 기사를 보고 회장에게 보고하기 바빴다.

"회장님. 고려일보에서 또 우리 기사를 썼습니다."

비서가 기사를 인쇄해서 신기현 회장에게 가져다줬다. 기사를 읽은 신기현은 분노하면서 비서가 인쇄해 온 기사를 구겨서 던져 버렸다.

"뭐야, 이 자식들! 다 정리된 줄 알았는데……. 월급 받는 기자 주제에 뭐 이리 열심이야."

"회장님. 어떡하면 좋을까요?"

비서가 최선을 다해 어쩔 줄 모르는 표정을 지으며 물었다.

"걱정 마. 나도 정보망을 통해서 고려일보 내부 사정을 다 듣고 있으니까. 일단 나승진 부장한테 연락해 봐. 최세명 의원께도 연락 넣고."

확신에 찬 고생만

"어? 선배, 일찍 오셨네요."

어쩐 일인지 오늘은 노빈손보다 고생만이 일찍 사무실에 출근해 앉아 있었다.

"아, 어제 늦게까지 저녁 먹다가 그만 막차를 놓쳤지 뭐야. 그래서 근처 찜질방에서 자고 왔어. 으아~ 온몸이 쑤시네."

고생만은 자기 어깨를 툭툭 치면서 말했다. 그때 어두침침하던 사무실에 환한 빛의 기운이 감돌기 시작했다.

"앗, 선배! 갑자기 어디서 광명이……?"

노빈손이 깜짝 놀라 고개를 두리번거렸다. 편집국 출입문에 나승진이 들어서고 있었다. 평소 잘 씻지 않아서 얼굴 기름이 번들거리긴 했지만, 오늘따라 그 빛이 유난히 강렬했다. 그 빛은 훤한 이마에서만 나오는 게 아니었다. 손목과 발에서 난데없이 빛이 나고 있었다.

'앗, 저건 못 보던 시계인데?'

고생만이 실눈을 뜨면서 나승진의 손목시계를 유심히 쳐다봤다. 뭔가 이상하다는 듯 매의 눈을 뜨고 위아래를 훑다가 시선이 나승진의 발 쪽에 가 닿았다. 구두에서 감도는 광택이 예사롭지 않았다.

고생만은 어찌된 건지 알겠다는 듯, 낮은 한숨을 내쉬었다. 나승진이 자리에 와서 앉고는, 자랑스러운 듯 자기 몸을 쓰다듬으면서 책상을 '똑똑' 두들겼다. 부하 직원들을 부르는 신호였다.

"너희가 좋은 기사를 못 쓰니까 내가 매일같이 여기저기 불려 다니잖아. 나 때는 말이야, 한 달에 한 번 겨우 집에 들어갈까 말까 했다고. 하긴 너희가 그 시절을 알 수가 없겠지."

나승진이 입에 거품을 물고 훈계를 하는 사이, 고생만은 조심스레 나승진의 손목과 발을 살펴보았다. 손목에 찬 시계는 스위스 명품 '놀랫스' 중에서도 특히 고가의 제품이었고, 구두는 유럽 왕실에 납품된다는 '페라고모'의 최고급 제품이었다. 예전에 경제부에서 일하던 시절 취재를 하며 봤던 명품들이었다.

'흠…… 부장. 이번에도 어디 가서 접대 좀 받고 온 모양이군.'

고생만은 어떻게 된 상황인지 한눈에 파악했지만 일부러 태연한 척했다.

"여하튼 그래서, 오늘은 무슨 기사를 쓸 거야?

"네, 부장. 어제 기현그룹 빌딩 건설 관련 기사를 썼는데, 오늘 그 후속 기사를 내면 어떨까 합니다. 빌딩이 들어서면 어떤 영향이 미치는지, 뭐 그런 내용으로요."

고생만의 말이 채 끝나기도 전에 나승진의 호통이 시작됐다.

"야, 고생만! 안 그래도 어제 그 의미 없는 기사 때문에 내가 얼마나 고생했는데, 그걸 또 쓰겠다고? 그런 빌딩 하나 지어 놓으면 좋은 점이 얼마나 많은데, 꼭 그런 식으로 기사를 써야겠어? 그리고 어제 쓴 걸 왜 오늘 또 발제해? 다른 거 발제해 봐."

"부장. 그 빌딩이 지어지면 발생할 경제적 이득 등등, 장점에 대한 기사는 이미 다른 언론사에서 많이 썼지 않습니까. 우리는 다른 시선으로 접근해서 문제점도 좀 지적을 해 줘야……."

"거참 말 많네. 안 된다면 안 되는 줄 알아!"

"네. 알겠습니다."

고생만은 더 이상 토를 달지 않고 고개를 끄덕이며 물러섰다. 노빈손은 침을 꼴깍 삼키며 두 사람을 지켜봤다.

"그럼 경찰서에 가서 정보 좀 얻어 오겠습니다."

"알았어. 나가 봐."

나승진은 귀찮다는 듯 손을 휘휘 저으며 쳐다보지도 않고 답했다. 돌아서서 사무실을 나서는 고생만의 표정이 심상치 않았다. 뭔가 큰 결심을 했는지 굳은 표정이었다.

나승진을 뒤쫓아라!

고생만은 나가면서 노빈손의 어깨를 툭 쳤다. 잠깐 따라 나오라는 신호였다. 노빈손이 화장실에 가는 척하면서 밖으로 나가 보니 고생만이 문 앞에서 기다리고 있었다. 고생만은 주위에 아무도 없는 걸 확인하고는 낮은 목소리로 말했다.

"보아하니 부장이 기현그룹에서 뭔가를 받아먹고는 우리가 기사 쓰는 걸 막는 거 같은데, 가만히 있다가는 큰일 나겠어. 우리 회사에 문제가 생길 수도 있다고. 빈손, 너 지금 직무 배제 상태라 할 거 없으니까 오늘 하루 몰래 부장 뒤를 쫓으면서 뭘 하고 다니는지 알아봐. 절대 들키면 안 돼."

"네? 그래도 되는 거예요? 그래도 부장인데……"

"기자는 일반 회사원과는 달라. 정의로운 사회를 위해서 뛰어야 할 기자가 사적인 관계 때문에 할 일을 안 하면 어쩌냐. 일단 부장은 지금 계속해서 김영란법을 어기고 있다고."

고생만의 진지한 설득에 노빈손은 고개를 끄덕였다. 좋은 사회를 위해 작으나마 역할을 하게 된다는 생각에 눈빛이 다시 밝아졌다.

사무실로 돌아온 노빈손은 가만히 자리에 앉았다. 나승진은 그런 노빈손을 본체만체하다가 시계를 만지작거리면서 미소를 지었다. 얼마나 지났을까, 나승진의 스마트폰 벨이 울리기 시작했다.

"어, 강 부장. 뭐? 어디? 아, 그랜드 용궁 시푸드 레스토랑? 어어, 거기 좋지! 그래그래, 12시에 거기서 보자고."

노빈손의 눈은 컴퓨터 모니터를 향했지만 귀는 나승진을 향해 쫑긋 서 있었다. 그의 말을 토씨 하나 빼먹지 않고 외우기 위해 머릿속으로 거듭 되뇌었다.

'12시 그랜드 용궁 시푸드 레스토랑, 12시 그랜드 용궁 시푸드 레스토랑……. 안 되겠다, 메모 앱에 적어 놔야지.'

11시가 조금 넘자 노빈손은 용기를 내어 나승진에게 말했다.

"저, 부장. 점심 약속이 있어서 그러는데 좀 일찍 나갔다 와도 될까요?"

"하는 것도 없으면서. 나가든지 말든지."

나승진은 노빈손을 쳐다보지도 않은 채 귀찮은 듯이 말했다. 뒤도 돌아보지 않고 사무실을 나선 노빈손은 재빨리 그랜드 용궁 시푸드 레스토랑으로 향했다. 도착해서 보니, 지금까지 노빈손이 가 본 식당 중에서 가장 크고 고급스러웠다. 보통의 식당들처럼 홀에 식탁이 있는 게 아니라, 손님들이 전부 각각 방 안에 들어가 식사를 하는 형태였다. 카운터 옆에는 노빈손의 눈을 사로잡는 글자가 있었다. 예약 현황판에 쓰인 '13번 방, 기현그룹'이라는 메모였다.

"어떻게 오셨나요?"

"네? 어…… 식사를 하려고 하는데요. 여기 12번 방이 좋다던데, 거기 비어 있나요?"

"네, 손님. 근데 저희는 코스 메뉴가 기본인데, 혼자 드시기에 좀 많으실 텐데요."

"아, 괜찮아요. 여기 코스 메뉴를 꼭 먹고 싶어서 벼르고 있었거든요."

12번 방에 들어가서 메뉴판을 펼쳐 보니, 제일 싼 코스가 무려 7만 원짜리였다. 이제 와서 못 먹겠다고 할 수는 없는 노릇이고, 어쩔 수 없이 음식을 시켰다.

'어? 그러고 보니, 부장이 여기서 식사 접대를 받으면 김영란법 위반이겠네? 여기 밥값이 1인분에 최소 7만 원 이상이니까.'

앞에서 들려준 '김영란법' 기억하죠? 이 법에서는, 기자나 공무원 등이 3만 원 이하의 식사를 대접받는 건 예외적으로 봐주기로 했어요. 원활한 업무 수행을 위해 불가피하게 식사를 해야 하는 경우도 생기곤 하니까요. 근데 나승진 부장은 무려 7만 원짜리 식사를 대접받네요. 나 부장님, 김영란법 위반입니다!

노빈손은 혀를 쯧쯧 차며 나승진의 **뻔뻔한** 용기에 혀를 내둘렀다. 음식이 들어올 때쯤, 옆방에서 웅성대는 목소리가 들려오기 시작했다. 귀를 쫑긋 세우고 들어 보니 나승진의 목소리였다.

"오늘도 우리 애들이 기사 쓰겠다고 떼쓰는 거 막느라 힘 좀 썼으니까, 오늘은 비싼 걸로 먹자고. 껄껄!"

방 사이 벽이 얇아서 나승진의 목소리가 꽤 잘 들렸다. 노빈손은 좀 더 분명히 듣고자 벽 가까이 귀를 갖다 댔다.

"부장님, 음식이 입에 맞으십니까?"

"아, 여기 음식이야 항상 훌륭하지. 그건 그렇고, 그 빌딩은 언제 완공되는데?"

나승진과 일행은 계속 빌딩에 관한 이야기를 주고받았지만, 딱히 중요한 이야기는 하지 않았다. 김이 샌 노빈손은, 비싼 음식에 집중하자 생각하고 급히 젓가락질을 시작했다. 그때 옆방에서 들리던 목소리가 조금 낮아졌다. 노빈손은 젓가락질을 멈추고 귀를 벽에 더 바짝 가져다 댔다.

"아, 부장님. 슬슬 중요한 말씀도 드려야 하는데……."

"아, 이 사람. 여기는 중요한 얘기 하기엔 너무 보안이 안 좋잖아. 내일 밤에 나 약속 없으니까 9시쯤 한잔해식당에서 조용히 보자고. 어때?"

노빈손의 눈이 크게 뜨였다.

'내일 밤 9시, 한잔해식당. 꼭 기억해야지!'

노빈손은 숨죽인 채 남은 음식을 꾸역꾸역 먹다가, 나승진 일행이 나간 걸 확인한 후 방을 나섰다.

"손님, 7만 원입니다."

아직 첫 월급도 받지 않은 노빈손에게 7만 원은 너무나도 큰 지출이었다.

'중요한 임무를 수행한 건 좋은데, 이러다가 내가 곧 거지가 되겠는걸.'

위험천만 작전회의

— 선배, 부장이 누군가랑 은밀하게 약속을 잡았어요. 내일 밤 9시, 한잔해식당이에요. 그리고 대화를 꼼꼼히 엿들었는데 별다른 내용은 없어요. 어떻게 할까요?

노빈손은 식당 밖으로 나오자마자 고생만에게 문자로 보고했다. 바로 답장이 올 줄 알았는데 시간이 지나도 고생만의 답은 오지 않았다.

'어떡하지? 일단 회사로 돌아가야겠다. 너무 늦게 가면 부장이 의심할 테니.'

고민 끝에 노빈손은 사무실로 돌아갔지만 부장은 보이지 않았다. 대신 고생만이 사무실 한쪽 자리에 앉아 있었다.

"어? 선배, 여기 계셨으면서 왜 답장은 안 보내시고……."

노빈손이 말을 다 마치기도 전에 고생만이 노빈손의 입을 틀어막았다. 다른 한 손으로 회의실 쪽을 가리키면서 그리로 가자는 눈빛 신호를 보냈다. 고생만은 회의실로 들어가더니 심각한 표정으로 의자에 앉았다.

"사람 많은 데서 이런 중요한 얘기를 하면 곤란하지. 안 그래도 네 문자 보고 생각을 해 봤는데, 앉아서는 해답이 나오지 않더라고. 기자는 발로 뛰어야지. 지금 한잔해식당으로 가 보자. 가서 작전을 짜 보자고."

"지금요? 업무 시간인데 가도 괜찮을까요? 괜히 회사 사람들한테 걸리기라도 하면."

"부장도 지금 자리에 없는데, 뭐. 그리고 기자들은 밖에서 하는 모든 활동이 취재야."

고생만은 대수롭지 않다는 듯 자리에서 일어났다. 노빈손은 걱정스러운 표정을 지으면서도 별수 없이 고생만을 따라갔다. 다행히 한잔해식당은 회사에서 10분도 안 되는 거리에 있었다.

"손님. 죄송한데 6시부터 영업 시작합니다."

"아, 내일 밤에 여기서 약속을 잡을까 하는데, 조금 둘러봐도 될까요?"

청소를 하던 종업원이 고생만과 노빈손을 훑어보더니 작은 목소리로 말했다.

"좀 곤란한데……. 안쪽에 사장님이 계시니까 조용히 잠깐만 살펴보고 오셔야 해요."

한잔해식당 내부는 방들이 쭉 늘어선 구조였다. 방 크기와 벽의 두께로 봐서 벽을 통해 옆방의 목소리를 엿듣기는 어려워 보였다. 고생만이 방에 들어가 짧은 시간 동안 구석구석 살피는 사이, 노빈손은 행여 누가 보지나 않을까 식은땀을 흘리며 지켜만 봤다.

"빈손. 아무래도 옆방에서 대화를 엿듣는 건 불가능할 거 같아. 대신 방문 두께가 얇고 복도 쪽으로 난 창문도 없으니까……. 복도에서 문에 귀를 갖다 대고 들을 수밖에 없겠는데?"

"네? 그럼 들키기 너무 쉽잖아요. 복도를 지나다니는 사람들이 이상하게 볼 거고요."

"맞아, 그게 문제야. 그리고 그 사람들이 어떤 방에 들어갈지도 모르고."

고생만과 노빈손이 손거스러미를 물어뜯으며 고민하는데 종업원이 다시 나타났다. 비싼 술집에 허름한 차림의 남자 둘이 와서 보고 있으니 종업원 입장에서는 의심이 갈 만했다.

"손님, 저희 청소를 해야 하는데요. 죄송하지만 오픈 시간 이후에 다시 오시겠습니까?"

"아, 네네. 저희 내일 저녁 8시에 예약을 하려고 하는데, 가능할까요?"

고생만이 순간적인 판단으로 대답했다.

"네? 아, 그럼요 손님. 몇 분이시죠?"

"일단 두 명이고요, 입구에서 가장 가까운 방으로 주세요."

"바깥쪽은 시끄러울 텐데 괜찮으시겠어요?"

"괜찮습니다. 제가 답답한 걸 싫어해서 바깥에 자주 드나들어야 하거든요."

"네. 그럼 입구 쪽 방으로 예약해 드릴게요. 변동 사항 있으면 미리 전화 주시고요. 성함은 어떻게 되시죠?"

고생만이 순간 멈칫했다. 실명을 얘기했다가 혹시라도 나승진한테 들키면 곤란하기 때문이었다.

"아, 네. 저는 손성필이라고 합니다."

"네, 알겠습니다."

가짜 이름으로 예약을 마치고 한잔해식당을 나섰다. 노빈손은 취재고 뭐고 걱정이 앞섰다.

"선배, 설마 정말로 문 앞에서 대화를 엿듣는 건 아니겠죠?"

"흠…… 오늘 밤에 각자 방법을 좀 생각해 보자. 여기 너무 오래 있으면 다른 사람들이 의심할 수 있으니까, 일단 난 어디 가서 일하는 척 좀 할게. 너도 회사에 들어가 있어."

말이 끝나기 무섭게 고생만은 어디론가 빠르게 걸어갔다. 노빈
손은 내일 치러야 할 일 걱정에 후들거리는 다리를 부여잡고 회사
로 돌아갔다.

이 계획, 정말 괜찮을까?

노빈손은 퇴근하고 잠들기 직전까지도 생각에 생각을 거듭했지
만, 들키지 않고 옆방의 대화를 엿들을 방법이 떠오르지 않았다.
그렇게 밤이 지나고, 오전 7시. 알람이 울리기도 전인데 눈이 뜨였
다. 아침부터 다시 가슴이 콩닥콩닥 뛰었다. 일찌감치 출근해서 마
음을 진정시키려 애썼지만 불안감을 떨칠 수 없었다.

"어, 일찍 왔구먼."

사무실 안을 훤히 빛내며 나승진이 출근했다. 나승진은 아무것
도 눈치채지 못했지만 괜히 겁을 먹은 노빈손은 마음이 쪼그라들
었다.

"노빈손. 그동안 근신을 좀 했으니, 내일부터 다시 취재 나가게
될 거야. 내일은 고생만 말고 다른 선배랑 같이 일하니까 그리 알
고 있으라고."

나승진은 기분이 좋아 보였고, 옷도 왠지 더 반짝이는 듯했다. 패션에 대해 잘 모르는 노빈손의 눈에도 비싼 옷임이 확연히 보였다. 그때 고생만이 출근했다.

"어, 왔나? 오늘 기획안하고 정보는?"

나승진은 오늘따라 고생만한테도 친절한 목소리로 말했다. 평소에 잘 볼 수 없는 모습이었다.

"네. 그렇지 않아도 어젯밤에 미리 부장 메일로 보내 났습니다."

"그래, 알았어. 보고 피드백 줄게."

할 말을 마친 나승진이 이내 모니터를 보며 주식 차트에 집중하는 사이, 고생만은 노빈손을 데리고 몰래 회의실로 들어갔다.

"오늘 저녁…… 준비됐지? 업무 시간에는 아무 일 없는 듯이 일하다가, 퇴근하면 한잔해식당으로 가 있어. 나도 시간 맞춰서 갈 테니까."

"근데, 선배. 그래도 같이 일하는 사람인데…… 이렇게까지 하는 게 맞을까요?"

노빈손이 약한 모습을 보이며 말했지만 고생만은 단호한 표정을 지었다.

"무슨 소리야. 기자가 왜 기자인데? 사회의 부조리를 고발하는 사람들이 자기 식구라고 해서 잘못을 눈감아 주고 그러면, 그건 기자 자격이 없는 거라고. 자, 너무 오래 여기 있으면 오해받을 테니 얼른 나가자고."

고생만이 나가자 노빈손은 회의실에 홀로 남아 골똘히 고민했다. 그리고 결심을 굳혔다.

'그래! 인턴이긴 하지만, 그래도 기자랍시고 일을 시작했으니 부끄럽지 않게 행동해야지.'

노빈손은 자리에 앉아 열심히 마우스를 클릭하며 뭔가 하는 척했다. 엉덩이에 땀이 났다 식었다를 반복하며 지루한 일과를 보내고, 이윽고 오후 6시. 나승진은 이미 나가고 없어, 퇴근 인사를 건넬 사람도 없었다.

'부장도 없는데, 칼퇴근했다고 뭐라 할 사람 없겠지.'

결전을 앞둔 노빈손은 회사를 나서자마자 주위를 둘러보며 한잔해식당으로 향했다.

드디어 결전의 시간!

"어서 오십시오."

식당에 들어가니, 어제 봤던 종업원이 우렁찬 목소리로 노빈손을 맞았다. 낯선 분위기에 압도된 노빈손은 기어들어 가는 목소리로 말했다.

"아, 안녕하세요. 어제 예약한……."

"아, 이 방으로 들어가시면 됩니다. 일행 분은 이미 오셨습니다."

방에 들어가니 고생만이 이미 자리를 잡고 있었다. 별다른 음식은 없이, 콜라 캔만 여러 개 테이블 위에 놓여 있었다.

"선배, 일찍 오셨네요."

"내가 아무리 지각 대장이어도 이런 날만큼은 빨리 와야지. 자, 긴장될 테니 콜라라도 한잔해. 나도 이런 적은 처음이라서 엄청 긴장되네."

고생만과 노빈손은 한동안 말없이 앉아서 콜라만 홀짝였다. 노빈손의 동공이 풀려 갈 때쯤, 밖에서 익숙한 목소리와 이름이 들렸다. 나승진이었다.

"어, 여기 세 명 예약했어. 기현그룹 이름으로."

"네, 어서 오십시오. 13번 방으로 모시겠습니다."

고생만과 노빈손은 눈빛을 교환했다. 나승진 일행이 방문을 닫고 들어가는 소리가 들리자 고생만이 말을 꺼냈다.

"후후. 배우들이 다 모였군. 목소리를 들어 보니 한 명은 기현그룹 홍보부장이고, 다른 한 명은 그때 말한 내 동기 녀석이 맞아."

"선배 동기라면, 계속 변장하면서 절 쫓아다녔던 그 사람 말인가요?"

고생만은 말없이 고개를 끄덕였다. 나승진 일행의 대화를 엿들을 방법을 아직 세우지 못했다는 게 퍼뜩 떠오르자 노빈손은 갑자기 더 불안해졌다.

"선배. 이제 우리도 뭔가 해야 하지 않을까요? 계속 앉아 있으면……."

"쉿! 저 사람들이 완전히 긴장을 풀었을 때 움직여야지. 너무 쉽게 움직이지 말자고."

둘은 다시 아무 말 없이 콜라만 홀짝이기 시작했다. 한참을 그러고 있다가, 문득 고생만이 테이블을 탁 치고 말했다.

"자, 이제 행동에 들어가자고. 13번 방 기억하고 있지? 빈손이 너는 그 방문 앞에서 저들의 대화를 엿들어. 만약 들켜서 부장과 마주하게 되면 스마트폰으로 녹음도 하고."

"네? 정말 그렇게 해야 하는 거예요? 진짜 들키면 어떡해요? 스파이 영화에서 보면 이런저런 기발한 아이디어도 많고 신기한 장치도 많던데, 우린 그런 거 뭐 없는 거예요?"

"나한테 다 생각이 있어. 엿듣다가 위험한 일 생기면 바로 전화해. 전화하기 어려우면 그냥 소리를 지르고. 지금은 다른 수가 없어. 너는 화성에도 다녀왔다며? 그거에 비하면 이 정도는 아무것도 아니잖아."

노빈손은 황당하다는 눈빛으로 고생만을 한참 노려봤다. 그러다가 갑자기 트림을 꺼억~ 하고 말았다. 콜라를 두 캔이나 마셔서 뱃속에 가스가 가득 차 답답했었는데, 시원하게 트림을 하고 나니 뱃속도 편해지고 머릿속도 개운해졌다. 노빈손의 눈빛이 이내 달라졌다. 눈을 한 번 세게 깜빡이더니 자리에서 일어섰다.

"알겠어요, 선배. 까짓것, 멋지게 해 보겠습니다!"

걸어서 30초도 채 되지 않는 거리였지만 노빈손은 마치 30분을 걷는 느낌이었다. 13번 방 앞에 선 노빈손은 숨을 크게 들이마시고 문에 귀를 갖다 댔다. 귀에 온 신경을 집중하니, 방 안에서 오가는 말소리들이 조금씩 들리는 듯했다. 하지만 그 소리가 선명하진 않았다.

'이런……. 뭐라고 하는지 거의 안 들리잖아!'

귀를 쫑긋 세웠지만 소용없었다. 웅성웅성 떠드는 소리와 웃음소리가 섞여 들릴 뿐, 정확한 대화 내용은 들리지 않았다.

'안 되겠다. 선배한테 전화해서 어떻게 할지 물어봐야지.'

노빈손이 문에서 귀를 떼고 자세를 바꾸던 바로 그때, 방 안에서 말소리가 멈췄다. 노빈손은 자세를 바꾸느라 그 변화를 미처 깨닫지 못했다. 갑자기 방문이 열리면서 큰 목소리가 흘러나왔다.

"나 잠깐 화장실 좀 다녀올게."

"네, 부장. 얼른 다녀오세요. 오랜만에 뵈니 옛날 생각 많이 나네요. 하하!"

노빈손의 몸이 순간 얼어붙었다. 나승진의 목소리 너머로, 또 다른 사람의 익숙한 목소리가 들려왔다. 뭔가 상황이 잘못됐음을 느낀 노빈손은 얼른 정신을 차리고 몸을 피하려 했지만 이미 늦었다. 문을 열고 나오던 나승진과, 문고리를 잡고 엉거주춤 서 있던 노빈손의 눈빛이 마주쳤다.

"어? 노빈손, 너 뭐야! 왜 여기 있어?"

얼음이 된 노빈손은 아무 말도 할 수 없었다. 나승진도 당황하긴 마찬가지였다.

"어…… 저, 그게……."

"너…… 일단 방으로 들어와."

나승진이 억지로 노빈손을 끌고 들어가려고 하자 노빈손은 그의 손을 뿌리치고 달아나기 시작했다.

"너 이 자식, 이리 오지 못해?"

노빈손은 자신이 어디로 가는지도 모른 채 뒤도 돌아보지 않고 뛰었다. 잠시 후 노빈손은 입구 반대쪽으로 달아나고 있다는 사실을 깨달았다. 결국 막다른 곳에 다다른 노빈손은 잽싸게 스마트폰 녹음 앱을 켜고는 주머니에 집어넣었다. 잠시 후 나승진이 한 걸음 한 걸음 다가와 섰다.

"너 지금 우리 얘기하는 거 엿들은 거지? 어디까지 들었어?"

달아날 길 없는 노빈손은 입을 다물고 틈을 노렸다. 나승진과 맞서 싸우기 위해서가 아니라 빈틈을 노려 도망가기 위해서였다.

"어허~ 가만있어! 좋아, 이러지 말고 얘기를 좀 해 보자고. 너, 대체 원하는 게 뭐야? 기현그룹에서 나 혼자 뭐 좀 받아먹었다고 억울해서 이러는 거야? 인턴 주제에 제법인데! 그런 것도 벌써 눈치채고. 그렇다고 앞길 창창한 녀석이 고작 이런 걸로 상사를 겁주면 안 되지!"

"부…… 부장. 기현그룹한테 뭘 받아먹었다고요? 뭐, 뇌물 같은, 그런 거요? 제가 아직 잘 모르긴 하지만, 요새 김영란법이란 게 생겨서 언론인들이 함부로 대접 받고 그러면 큰일 난다는 것쯤은 안다고요."

어디서 그런 용기가 났는지, 노빈손은 늘 어렵기만 하던 나승진의 앞에서 또박또박 할 말을 했다. 나승진은 그런 노빈손을 보며 흠칫 놀라 표정이 바뀌었다.

"그래그래, 알았어. 자, 우리 이성적으로 생각해 보자. 기현그룹에서 초고층 빌딩을 지어서 나라에 좋은 일 좀 해 보겠다고 저리 열심인데, 너희가 거기에 초를 치고 다니니까 쟤들이 자꾸만 나를 귀찮게 굴잖아. 만나자 어쩌자 하면서. 그래서 내가 기자로서 기업이랑 너무 친하면 안 되니까, 짧고 굵게 몇 번 만나서 얘기 좀 들어 주는 척하고 적당히 돌려보내려고 했는데……. 근데 쟤들이 볼 때마다 자꾸만 뭐를 주네? 그거 안 받으면 또 만나자 할 게 뻔하고. 그래서 별수 없이 받은 거야. 뭔 말인지 알아듣겠지? 자, 노빈손. 어떡하면 내가 기현그룹에서 뭐 받은 걸 모른 척해 줄래? 너한테도 뭐 좀 챙겨다 줄까?"

뻔뻔하게 협상을 걸어 오는 나승진을 보며, 노빈손은 달아나려던 발길을 멈추고 말없이 나승진을 쳐다봤다. 잘은 모르지만, 적어도 이런 게 기자의 모습은 아닐 거라고 생각하며.

우리 인턴, 실력 끝내주죠?

"거기, 무슨 일입니까?"

정적을 깬 건, 어디선가 나타난 식당 종업원이었다.

"여기서 싸우시면 안 됩니다. 경찰 부르기 전에 얼른 방으로 돌아가세요."

종업원의 입에서 경찰이란 말이 나오자, 나승진은 뒷걸음치기 시작했다.

"아, 알았어. 알았다고. 이만 돌아가지."

나승진이 물러나자 노빈손은 다리의 힘이 풀려 털썩 주저앉았다. 종업원은 그런 노빈손에게 살짝 눈웃음을 지어 보이고는 자리를 떴다. 잠시 후 고생만이 나타났다.

"빈손, 많이 놀랐지? 수고 많았어! 부장 일행은 이미 갔으니 우리도 이만 가자고."

"아니, 선배. 왜 이제야 나타난 거예요? 혼자 얼마나 무서웠는데!"

고생만을 보자 노빈손 눈가에 눈물이 글썽거렸다. 그러나 고생만의 입가에는 미소가 가득했다.

"일단 나와. 나가서 이야기해 줄게."

고생만과 노빈손은 근처 카페로 들어갔다. 손님이 거의 없어 조용했다. 조금 전 상황의 여운에서 아직 빠져나오지 못했는지 노빈손은 아무 말도 없었다. 그런 노빈손을 보며 고생만은 카운터로 가서 커피 두 잔을 주문했다. 커피 소리를 들은 노빈손은 갑자기 벌떡 일어나더니 고생만을 향해 외쳤다.

"선배! 지금은 입맛이 써서 커피는 못 마시겠어요. 핫초코로 할게요. 너무 놀라 당이 떨어졌는지 단 게 먹고 싶네요."

"하하! 그래 알았어. 내가 특별히 곱빼기로 시켜 주지."

음료 두 잔을 들고 온 고생만이 의자에 앉으며 말했다.

"빈손. 좀 있다가 기자연맹보랑 미디어모레 기자가 올 거니까 정신 좀 차려 봐."

"기자……연맹보요? 거기선 왜 와요?"

"어, 우리가 알게 된 이 상황을 기사로 써 달라고 하려고 내가 불렀어. 우리 신문에선 이 기사가 나가기 어려우니까, 다른 언론사에 제보하는 거야."

고생만은 커피를 한 모금 마시고 나서야 조금 전의 상황에 대해 설명하기 시작했다.

"그나저나 아까는 많이 놀랐지? 사실 내가 미리 종업원을 섭외

해 놓았지. 부장 성격상 분명히 너한테 협상을 걸려고 할 텐데, 그러다 보면 자기가 알아서 술술 얘기를 할 거란 말이야. 부장이 자기 입으로 잘못을 얘기하는 걸 마치면, 그때 달려가서 말리라고 얘기해 놓은 거야. 그 종업원이 앞으로 증인 역할도 해 줄 거라고.”

고생만이 내막을 설명하자 노빈손은 그제야 알겠다는 듯 안도의 한숨을 내쉬었다. 그러다 갑자기 뭔가 생각났다는 듯 고생만에게 따지듯이 말했다.

“아니, 선배. 그러면 저한테 미리 얘기하셨어야죠! 전 죽는 줄 알았다고요.”

“그랬다간 여우 같은 부장이 눈치챘을 수도 있다고. 솔직히 네가 연기를 그렇게 잘하는 편은 아니잖아. 아무튼 오늘 정말 큰일을 해냈어, 빈손!”

고생만은 미안한 표정을 지어 보이며 노빈손의 머리를 쓰다듬어 주었다.

“아, 선배! 머리카락 빠진다고요!”

“어, 그래. 미안 미안! 아, 저기 기자님들 오시네. 여깁니다!”

카페 문을 열고 두 사람이 들어왔다. 그들은 고생만과 반갑게 악수를 했다.

“안녕하세요, 고 기자님. 저는 미디어모레의 나미모 기자고, 이쪽은 기자연맹보의 윤기맹 기자입니다.”

"아 네, 반갑습니다. 저는 연락드렸던 고생만 기자라고 합니다. 이쪽은 저희 인턴 기자 노빈손이고요. 시간이 늦었으니 바로 본론으로 들어갈까요?"

고생만은 오늘 있었던 일을 상세히 설명했다. 이야기를 열심히 듣던 나미모 기자가 날카로운 눈매로 고생만에게 물었다.

"고 기자님, 잘 들었습니다. 정말 보통 일이 아니네요. 근데 아시다시피 이게 좀 민감한 사안이라……. 혹시 제보를 뒷받침할 만한 증거가 있을까요? 영상이라든가 녹취라든가……."

"영상을 찍지는 못했는데, 증언을 해 줄 사람은 있습니다."

"음…… 증언도 없는 것보단 낫겠지만, 조금 더 확실한 물증이 있으면 좋겠는데요. 나승진 부장이 반박하지 못할 만한 걸로요."

"휴…… 역시 그렇겠죠? 식당 CCTV 같은 게 있긴 하겠지만, 내부가 워낙 어두워서 잘 찍혔을 거 같진 않네요. 시끄러워서 소리도 제대로 녹음되지 않았을 것 같고요."

기자들은 아쉬운 표정을 지으며 한동안 침묵했다. 기자들의 대화가 길어지면서 점점 지루해지던 노빈손은 꾸벅꾸벅 졸고 있었다. 그러다 노빈손의 재킷 주머니에서 스마트폰이 바닥으로 툭 떨어졌다. 화들짝 놀라 잠에서 깬 노빈손은 바닥에 떨어진 스마트폰을 주워 어딘가 깨지지 않았나 앞뒤로 살폈다. 그러다가 노빈손의 흐린 눈에 반짝이는 빨간 점이 보였다.

"어, 이게 뭐지?"

"뭐야, 노빈손. 어디서 전화라도 왔어?"

"아뇨, 이게 반짝반짝……."

탁자 위에 척 내보인 노빈손의 스마트폰 화면으로 세 기자의 시선이 쏠렸다. 거기에는 '녹음 중'이라는 글자와 함께, 빨간 점이 반짝이고 있었다. 순간 고생만의 눈이 동그래졌다.

"빈손! 너 녹음을 하고 있었던 거야? 어디서부터 어디까지?"

"어, 그러니까…… 부장이랑 마주쳤을 때부터 끝까지요."

"부장이 말한 걸 전부 녹음했다고? 부장이 자기 입으로 털어놓은 얘기들, 전부 다?"

고생만은 소리를 지르다시피 크게 말했다. 다른 두 기자도 반짝이는 눈망울로 노빈손을 쳐다봤다. 세 기자는 서로를 바라보며 눈빛을 교환했다.

"나 기자님, 윤 기자님. 이 정도면 충분히 증거가 되고도 남겠죠? 나승진 부장이 스스로 얘기한 거니까요. 하하하! 이 정돕니다, 우리 고려일보의 취재력이. 아, 아니, 우리 노빈손 기자의 취재 실력이!"

대결전 다음 날

"아, 벌써 출근 시간이야?"

언제나 그렇듯, 노빈손은 알람 소리를 피하고만 싶었다. 전날 폭풍 같은 하루를 보낸 탓인지, 노빈손은 몸도 마음도 지쳐 있었다. 그렇다고 출근을 안 할 수도 없는 법. 몇 가닥 없는 머리카락에 대충 물만 묻히고 집을 나섰다.

"빈손, 왔어?"

웬일인지 고생만이 노빈손보다 일찍 출근해 있었다. 고생만의 반가운 인사에도 노빈손의 얼굴은 굳어 있었다. 출근해서 나승진을 만나면 어떻게 대해야 할지, 인사는 해야 할지 말아야 할지 머릿속이 복잡해진 것이다. 고생만은 그런 노빈손의 고민을 눈치챘는지 다시 말을 꺼냈다.

"오늘 부장 휴가니까 걱정할 필요 없어. 국장께 어제 일도 다 보고해 뒀고."

"아, 네⋯⋯."

"이거 읽어 봐. 오늘 자 기자연맹보야."

고생만은 노빈손에게 신문을 건넸다. 평소와 다르게 고생만은 말투도 빨랐고 목소리에 생기도 흘러넘쳤다. 기자연맹보 1면에는 나승진의 얼굴이 대문짝만하게 실려 있었다.

고려일보 부장 기자 나모 씨, 기현그룹과 유착 의혹

기사에는 나승진이 기현그룹으로부터 받은 선물 내역, 접대 내역 등이 줄줄이 적혀 있었다. 뇌물을 받고 기현그룹에 불리한 기사를 쓰지 못하게 했다는 고생만의 인터뷰도 실려 있었다. 하지만 노빈손은 마음속 불안감을 떨쳐 낼 수 없었다.

"선배. 그럼 이제 우리는 그⋯⋯ 내부⋯⋯ 뭐였더라? 아, 내부 고발자! 그게 된 거네요? 영화에서 보면 내부 고발자는 항상 끝이 좋지 않던데⋯⋯."

'내부 고발'이란, 자신이 몸담고 있는 곳에서 벌어지는 잘못된 일을 외부에 알리는 행위를 말해요. 우리가 나승진 부장의 잘못을 용감하게 외부에 알린 것도 바로 내부 고발이에요. 내부 고발이 터진 곳은 당장은 힘든 시간을 보내지만, 결과적으로는 더욱 합리적인 조직으로 거듭나게 된답니다.

"하하! 그건 영화 속 이야기고. 언론사가 뭐 하는 곳이야? 사회의 옳지 못한 일을 고발하는 곳이잖아? 제대로 된 언론사라면 내부 고발자를 오히려 환영한다고. 국장도 아까 보고를 듣고는 우리를 칭찬했어. 나승진 부장 같은 사람을 고발해서 더 이상 부당한 일이 벌어지지 않게 해야 궁극적으로 고려일보에도 좋은 거라고."

"거기 두 사람, 잠깐 들어와 봐."

국장이 고생만과 노빈손을 불렀다. 둘이 국장실 문을 열고 들어가자 국장은 심각한 표정으로 이들을 맞이했다.

"아까는 바빠서 대충 보고만 받았는데, 다시 얘기해 보자고. 그런 일이 있으면 나한테 먼저 얘기를 했어야지, 왜 다른 언론사에 먼저 얘기한 거야?"

국장이 묻자 노빈손은 어쩔 줄 몰라 하며 고생만을 쳐다봤다. 고생만도 잠시 당황했지만, 이내 목소리에 힘을 주고 대답하기 시작했다.

"권력과 언론의 부당한 거래는 우리끼리 얘기하고 끝낼 문제가 아니라고 생각했습니다. 고통스럽지만 이 상황을 감당하면서, 다시는 이런 일이 일어나지 않도록 교훈으로 삼아야 할 것 같았습니다."

노빈손은 여태껏 본 고생만의 모습 중에서 가장 당차고 멋진 모습이라는 생각이 들었다. 그러나 국장실을 가득 채운 긴장감에 노빈손은 곧 온몸이 오그라들었다. 당장 국장의 불호령이 떨어질 것만 같았다. 그때였다.

"그래, 기자라면 모름지기 그래야지. 눈치를 보면서 사는 건 기자의 자세가 아니야. 노빈손 자네가 인턴 면접 볼 때 '가짜 소문에 대한 진실을 밝히겠다'고 한 게 마음에 들었는데, 생만이랑 같이 일하더니 진짜 그런 기자가 되어 가고 있구나!"

국장은 불호령 대신, 입가에 미소를 지으면서 고생만과 노빈손을 칭찬했다. 의외의 상황에 노빈손은 입을 다물지 못했다.

"자, 나머지 일은 내가 처리할 테니 일단 나가서 일들 하라고. 그리고 당분간 내가 사회부장 대행을 할 테니, 보고할 거 있으면 나한테 바로 해."

"네, 알겠습니다!"

노빈손은 아직 정신을 못 차린 표정으로 국장실을 빠져나왔다. 반면 고생만은 당당한 표정으로 국장실 문을 닫고 나왔다. 그런 고생만의 입에서 난데없이 한숨이 터져 나왔다.

"후아~ 큰일 나는 줄 알았네. 그 상황에서 기똥찬 애드리브가 생각나서 얼마나 다행인지!"

이 일이 있은 후, 다른 언론들에서 고려일보 이야기를 다루면서 나승진의 비리는 연일 화제에 올랐다. 고려일보는 내부 규정에 따라 나승진에게 정직 6개월의 징계를 내렸다. 한편 검찰은 나승진을 김영란법 위반 혐의로 기소했다. 그는 결국 징역 2년에 집행유예 2년 6개월을 선고받아 감옥 신세는 면했다.

나승진은 예전에 귀재를 데리고 다니며 기업을 협박하면서 맛있는 음식을 얻어먹던 때를 떠올렸다. 하지만 다 부질없는 상상이었다. 그는 언론계 안팎에서 쏟아지는 비난의 시선을 이기지 못하고 곧 회사에 사표를 제출해야 했다. 그 후 고려일보는 물론, 어느 언론사에서도 나승진을 찾지 않았다.

고려일보는 신문 1면에 사과문을 냈고, 곧이어 기현그룹이 추진하는 빌딩 건설의 문제점들을 취재한 기사를 쏟아 냈다. 김정열 의원이 당한 교통사고의 전말을 추적한 기사도 나왔다. 고생만은 김정열 의원 운전기사 측에서 받은 블랙박스 기록 영상을 경찰에 넘겼고, 경찰 수사 결과, 블랙박스에 찍힌 수상한 상자에는 기현그룹이 김정열 의원의 반대파인 최세명 의원에게 주려던 거액의 뇌물이 들어 있었던 것으로 밝혀졌다.

김정열 의원의 교통사고는 그전에 고려일보가 보도했던 대로, 누군가 도로에 뿌린 슈퍼 기름 때문에 차가 미끄러져 발생한 것으로 드러났다. 이 사건에는 기현그룹 신기현 회장과 최세명 의원, 그리고 그들의 지시를 받은 '보스'와, 그 밑에서 직접 일들을 벌인 '변장의 귀재'가 관여한 것으로 확인됐다. 이들 모두 구속돼 감옥에 갇히는 신세가 됐다.

기현그룹이 추진하던 초고층 빌딩 건설에도 제동이 걸렸다. 여론의 따가운 시선이 쏟아졌음은 물론, 시에서도 건설 허가 취소 논의가 시작되었다. 한 달 뒤에는 김정열 의원도 건강을 회복해 건설 반대 움직임에 다시 힘을 보탰다.

나승진이 회사를 떠난 지 한 달 뒤, 한국기자연맹이 선정하는 '요달의 기자상' 수상자로 고생만과 노빈손이 뽑혔다. 김정열 의원 운전기사의 음주 운전 누명을 벗겨 주고, 사건의 진실에 다가갈 수 있는 취재를 해 나간 공로를 인정받은 것이었다.

"요달의 기자상? 선배, 그게 뭐예요? 상이라니까 좋기는 좋은

데……."

"한국기자연맹에서 매월 가장 우수한 기사를 쓴 기자에게 주는 상이야. 그동안 그렇게 노력해도 못 받았는데 이렇게 받게 되다니!"

고생만은 감격에 겨워 울먹이며 말했다. 다음 날 두 사람은 말끔하게 차려입고 시상식장을 찾아갔다. 노빈손이 말끔한 정장을 입은 고생만의 모습을 본 건 이날이 처음이었다.

"와~ 선배도 잘 차려입으니까 봐 줄 만하네요! 평소에도 이렇게 좀 입고 다니시지."

"이봐, 빈손. 기자는 활동적인 옷을 입어야 한다니까. 나도 이 일 안 하고 좋은 옷 입고 다녔으면 연예인 같단 소리 좀 들었을 텐데."

두 사람이 흰소리를 하면서 건물 안에 들어서자 행사 관계자가 반갑게 맞았다. 시상식장에는 큰 원탁이 여러 개 놓였고, 각 자리에는 기자들 이름이 적힌 명패가 놓여 있었다. 고생만과 노빈손은 자리를 찾아가서 떨리는 표정으로 앉았다.

"자, 다음 수상자는 고려일보 고생만 기자와 노빈손 인턴 기자입니다. 두 기자는 국회의원 피습이라는 사상 초유의 사건에서 기사를 통해 진실을 밝혔고, 언론사와 대기업의 유착 관계까지 파헤쳤습니다. 심사위원들의 만장일치로 요달의 기자상 수상자로 선정됐습니다."

  사회자의 소개가 끝나자, 고생만과 노빈손이 긴장된 모습을 애써 숨기며 단상 위로 올라갔다. 한국기자연맹 회장이 나와 두 사람에게 상장을 건네며 덕담을 했다.

  "좋은 사회를 만들기 위해서는 기자 여러분의 역할이 중요해요. 앞으로도 좋은 기사 많이 부탁합니다."

  "자, 기자님. 소감 한마디 부탁드립니다."

  사회자가 말하며 마이크를 넘겨줬지만, 고생만은 손이 덜덜 떨려 마이크를 제대로 들지 못했다. 이를 본 사회자는 안 되겠다 싶어 마이크를 노빈손에게 넘겼다.

  "어…… 그러니까…… 기자라는 게 이렇게 중요한 직업인지 몰랐어요. 인터넷에다가 글만 써서 올리면 되는 줄 알았는데……. 앞으로 오보는 절대 내지 않겠습니다, 죄송합니다! 말숙아, 자주 못 봐서 미안해. 대수족관 님, 너튜브 스트리밍에 저 출연시켜 줄 거죠? 엄마, 아침에 나 좀 잘 깨워 주세요. 그리고 어……."

긴장한 노빈손은 자기가 뭐라고 말하는지도 모른 채, 연예인 수상 소감 발표하듯 횡설수설했다. 시상식장에 모인 사람들은 폭소를 터뜨렸다. 노빈손도 덩달아 웃음을 터뜨렸다. 정신이 좀 돌아온 노빈손은, 시상식장을 나서며 고생만을 놀리기 시작했다.

"선배, 너무 긴장한 거 아니에요? 세상에, 어쩜 그렇게 손을 떠세요?"

"긴장은 무슨! 됐고, 빈손아. 우리 상장도 받고 금일봉까지 받았으니 이걸로 치킨이나 사 먹자고. 네가 그동안 빌려준 돈도 이참에 갚을게."

노빈손은 고생만의 구겨진 셔츠를 쳐다봤다. 그러고는 아래를 내려다보니 자기 셔츠도 구겨져 있었다. 어쩐지 점점 고생만과 비슷해져 가는 것 같다는 생각이 들었다. 하지만 노빈손은 왠지 그 느낌이 싫지 않았다.

'아, 내일은 무슨 기사를 발제하지?'

노빈손은 즐거운 상상을 하며 고생만 옆에서 나란히 걸어갔다.

NOBINSON's NEWS

기자의 세계 ❶

기자란 어떤 사람들일까?

 노빈손 선배. 요달의 기자상까지 받았는데, 아직도 기자가 어떤 사람인지 잘 모르겠어요.

 고생만 어이쿠, 이런! 그렇다면 내가 기자의 세계를 좀 더 소개해 주지. 기자는 세상에서 일어나는 일들을 사람들에게 알려 주는 직업인으로, 한마디로 정보 전달자라고 할 수 있어. 또한 권력자의 비리를 파헤쳐 고발하는 감시자의 역할도 하고 있지. 기자의 폭로로 세상에 알려진 비리 사건이 적지 않다고.

 노빈손 근데요, 선배. 꼭 기자가 있어야만 세상 돌아가는 것을 알 수 있나요? 저도 수시로 스마트폰을 들여다보며 이것저것 검색하는데요?

 고생만 한번 생각해 봐. 기자가 없으면 내일 날씨가 어떨지,

최신 스마트폰이 언제 출시되는지, 다음 올림픽은 어디서 개최되는지 등등 궁금한 것들을 하나하나 직접 찾거나 물어야 알 수 있다고. 또 일반인은 쉽게 접근할 수 없는 은밀한 정보나 해외의 소식도 기자들이 취재하고 기사로 써서 보도하는 덕분에 알 수 있고. 정보를 최대한 많이 그리고 정확하게 파악하고, 사실 확인까지 거쳐, 그렇게 확보한 정보들을 잘 편집하고 한데 모아 보기 편하게 제공하는 게 바로 기자와 언론의 역할이야.

선배, '요달의 기자상'까지 받았는데도 기자가 뭐 하는 사람인지 잘 모르겠어요.

그래? 그럼 내가 '기자의 세계'를 제대로 알려 주지!

#지금의 기자가 있기까지

 노빈손 기자라는 직업은 예전엔 어떤 모습이었나요? 지금 우리랑 비슷했을까요?

 고생만 기자라는 이름을 풀이하면 기록할 기(記)에 사람 자 (者), 즉 기록하는 사람이란 뜻이야. 조선 시대에도 임금의 행동을 기록하는 '사관'이 있었지? 넓은 의미 에서 보면 사관도 기록하는 사람이니까 일종의 기 자라고 볼 수 있어. 하지만 사관은 궁궐에서 일어 나는 일만 기록했기 때문에 지금의 기자와는 사뭇 다르지. 우리나라에 최초로 등장한 근대적 기자는 1883년 「한성순보」의 유길준 기자로 보고 있어. 「한 성순보」는 한국 최초의 근대 신문으로, 열흘 간격으 로 발행됐어. 이후 일제강점기를 거치면서 여러 신 문이 창간됐고, 이때 창간된 신문들 중에는 아직도 발행되고 있는 것도 있지.

 노빈손 와, 일제강점기 때 신문이 아직도 발행된다는 게 신 기하네요! 근데 그 당시 기자들도 사회 고발을 했나 요?

고생만

아무래도 시기가 시기인 만큼 대놓고 하지는 못했지. 지금도 독재자들은 언론을 억압하잖아? 그땐 언론 통제가 더욱 공공연해서, 체제에 비판하는 기사를 쓰면 잡혀가던 시대라 고발 기사를 쓰는 게 어려웠을 거야. 그렇다고 우리 선배 기자들이 손 놓고 있었던 건 아니야. 「동아일보」 등은 1936년 베를린 올림픽 때 마라톤 금메달 소식을 전하면서, 손기정 선수 가슴에 붙어 있던 일장기를 사진에서 지워 버렸어. 이 때문에 기자들은 총독부에 끌려가 조사를 받아야만 했지. 그리고 한동안 발행이 금지되기도 했으니 얼마나 고생이 컸겠어.

205

노빈손 와! 기자는 정의감이 없으면 하기 어려운 직업이네요. 그런데 그때 기자와 지금 기자는 일하는 방식이 좀 달랐을 것 같아요.

 고생만 맞아. 기자는 여기저기서 소식을 들어야 하기 때문에 연락망이 굉장히 중요한데, 전화기도 제대로 없던 시절에는 그야말로 발로 뛰면서 취재했지. 경찰서나 검찰청, 대기업 등을 돌아다니면서 정보를 얻었고, 원고지에 펜으로 기사를 썼어. 그러다가 시대가 변해 전화가 보급되면서 간단한 내용은 통화로 확인하고, 기사도 취재 기자가 전화로 내용을 불러 주면 회사에 있는 내근 기자가 받아 적는 방식으로 변했지. 그리고 지금은 인터넷과 모바일 기술을 활용하여 전국 어디서나 기사를 작성해 즉시 회사로 보낼 수 있으니, 얼마나 편리한 세상이야!

#신뢰받는 기자가 되려면

 노빈손 참, 선배! 선배처럼 경력 많은 기자들도 저처럼 잘못된 기사를 쓸 때가 있나요?

고생만 응. 오보는 가능한 한 나와서는 안 되지만 안타깝게도 생각보다 많이 나오는 게 현실이야. 기자들이 전해 들은 소식을 진실인지 확인도 안 하고 기사로 내면 그런 일이 생기지. 간혹 오보를 가볍게 여기는 기자들도 있는데, 절대 그래선 안 돼. 1945년에 국내 언론들이 '소련은 한국에 대한 신탁통치를 주장하고, 미국은 한국의 독립을 주장한다'는 내용의 오보를 낸 적이 있어. 보도가 나온 후 한국인들은 신탁통치를 찬성하는 파와 반대하는 파로 나뉘어 크게 대립했지. 일명 '신탁통치 오보 사건'이라고 불리는 이 일이 한반도 분단에 중요한 계기가 되었다고 해도 과언이 아니야. 오보란 이렇게 무서운 것이지.

노빈손 헉! 그런 일이 있었어요? 제 주위에도 기자들을 못 믿겠다며 기레기라고 부르는 친구들이 있는데, 그런 이유 때문이었군요.

고생만 기자들에게 그런 별명이 붙다니, 너무 안타까운 일이야. 실제로 과거에 비해 기자들의 위상이 많이 떨어졌는데, 남 탓 할 것 없이 기자들의 책임이 가장 크다고 생각해. 오보가 자주 나오고, 그게 별것 아니라고 생각하는 기자들이 많아질수록 언론에 대한

207

신뢰는 떨어지지. 게다가 인터넷이 발달하면서 개인
이 세상의 소식을 얻을 수 있는 통로가 늘어나서, 언
론에서 전하는 소식에 의존하기보다 직접 정보들을
수집하는 경우도 늘어났고.

 노빈손 맞아요. 저도 SNS에서 이런저런 소식을 많이 접해
요. 헉! 그렇다면…… 나중에는 기자라는 직업도 없
어지는 거 아닐까요?

 고생만 신뢰가 떨어졌다고 해서 기자라는 존재가 없어질 수
도 없고, 없어져서도 안 돼. 모든 사람이 대통령이나
국회의원, 대기업 총수, 유명 운동선수나 연예인을
직접 만나 이야기 나눌 수는 없잖아? 인터넷에 떠다
니는 정보만 믿고 살아갈 수도 없고. 직접 보고 듣
고 확인한 내용을 전달하는 것과 어디선가 주워들
은 정보를 전달하는 것은 하늘과 땅 차이야. 그리고
보통 사람들은 높은 사람을 비판하기도 쉽지 않잖
아? 기자는 시민들이 부여한 신뢰와 기대를 무기로,
사건의 진실을 파헤치고 권력자들의 비리를 추적할
수 있는 거라고.

 노빈손 그러게요. 저도 힘 있는 사람 비판하는 기사를 썼다
가 잡혀가면 어떡하나 걱정되더라고요. 그럼 신뢰받

는 기자가 되려면 어떻게 해야 할까요?

 고생만 일단 오보는 절대 내지 말아야 해. 확실하지 않은 내용은 꼭 확인해 보고, 한쪽의 주장만을 기사에 담는 것도 피해야 해. 또 설득이나 협박에 넘어가지 않는 자세도 중요하지. 누군가한테 불리한 기사가 나오면 그 사람은 기사를 막기 위해 온갖 노력을 할 거라고. 거기에 넘어가면 비판적인 기사는 영영 못 쓰고, 사회 비판이라는 기자 정신도 잃어버리게 돼. 기자들의 정보가 신뢰를 받으려면 기자들 스스로 노

와 정말~

이런 오보는 진짜 역대급 인데?!

출처: 위키미디어 공용(작성자: Mooheoga)

한반도에 큰 갈등을 불러온 1945년 12월 27일 자 신문들 중 한 신문 1면의 오보. '소련은 신탁 통치 주장, 소련의 구실은 38선 분할 점령, 미국은 즉시 독립 주장'이라고 적혀 있어요.

력해야겠지.

 노빈손 와, 기자는 보통 단단한 마음을 먹지 않으면 안 되는군요!

 고생만 맞아. 그래서 기자들이 그동안 사회적으로 신뢰받고 영향력도 큰 존재일 수 있었던 거야. 아무리 친한 사람이라도 잘못된 게 보이면 비판할 수 있어야 진짜 기자라는 점, 빈손도 잊지 말라고.

NOBINSON's　NEWS

기자의 세계 ❷

기자들은 어떻게 일을 할까?

#하나! 기삿거리 찾기

 노빈손　선배. 저는 어떤 걸 기사로 써야 할지 아직도 잘 모
르겠어요. 아무리 기자라도 세상 일을 다 알 수는
없잖아요.

 고생만　일단 사람을 최대한 많이 만나야 해. 기자들마다 담
당하는 분야가 있잖아. 사건 담당 기자는 경찰서에
찾아가서 경찰을 만나고, 정치 기자는 청와대나 국
회에 가서 정치인을 만나야지. 이렇게 기자들이 정
보를 얻기 위해 찾아가는 곳을 '출입처'라고 부르는
데, 거기서 관계자들을 만나면서 이런저런 정보를

얻고 기삿거리를 찾는 거지.

 노빈손　근데 출입처에서 만난 사람들이 쉽게 정보를 들려주

나요? 자기들이 몸담고 있는 곳이라 정보를 숨기려

고만 할 것 같은데요?

 고생만　네 말이 맞아. 사실 정보를 얻는 게 쉬운 일은 아니

야. 출입처에서 만난 사람에게서 운 좋게 정보를 얻

더라도 그 내용이 사실인지 확인해야만 하는데, 이

것도 어려운 일이지. 꼭 출입처 관계자를 통해서만

정보를 얻는 것은 아니야. 일반 시민들에게서도 제

보를 받을 수 있고, 각종 서류나 논문 같은 걸 읽으

면서 기삿거리를 찾는 기자들도 많아. 그렇게 보면,

출입처에서 정보를 얻는 건 기삿거리 찾기의 한 방법

일 뿐이지.

 노빈손　꼭 출입처에만 있어야 하는 건 아닌가 보군요. 그럼

굳이 출입처에 갈 필요도 없지 않을까요?

 고생만　사실 출입처에서 얻는 정보에 의존해 기사를 쓰는

기자도 있긴 해. 그렇게 출입처에서 받는 정보만 활

용하다 보면 기사가 출입처 편을 드는 방향으로 흐

를 가능성이 높고, 결국 출입처 쪽에서 원하는 내용

의 기사만 나오게 되겠지. 그러니 기자는 당연히 출

입처 관계자 말고도 다른 많은 사람을 만나야만 해. 그래야 다양한 시각을 지닌 기자가 될 수 있다고. 그렇다고 해서 출입처와 관계를 끊어서도 안 돼. 꼭 필요한 정보를 못 받게 될 수도 있으니까.

#둘! 취재하기

 노빈손 기삿거리를 찾았으면 그다음에는 어떻게 해야 해요?

고생만 이제 취재를 할 차례지. 누군가를 비판하는 기사라면 당사자의 해명은 필수로 들어야 하고, 답변을 거부한다면 최소한 해명을 듣기 위한 노력을 했다는 건 보여 줘야 해. 사회 현상이나 세상의 모습을 보여 주는 기사라면 일반인들의 이야기를 많이 들어 보고, 경우에 따라서는 직접 체험을 해 봐도 좋지.

 노빈손 아, 선배! 저는 연예인에 관심이 많잖아요. 연예인 누구누구가 사귄다는 기사 같은 건 어떻게 취재해서 나오는 건지 궁금해요.

 고생만 연예인 누구랑 누구가 만난다고 하면 소문이 대충 나겠지? 아니면 커플 반지를 보고 짐작할 수도 있겠

213

NOBINSON's NEWS   NOBINSON's NEWS   NOB

NOBINSO

NOBIN

NOBIN

NOBIN

NOBIN

NOBIN

NOBIN

NOBIN

NOBIN

NOBIN

고. 하지만 그런 소문이나 짐작만 믿고 기사를 쓸
수는 없잖아? 확실한 증거가 필요하지. 어떤 기자들
은 연예인 뒤를 하루 종일 몰래 쫓아다니면서 누구
를 만나는지 지켜보기도 해. 그런 기자들을 흔히 '파
파라치'라고 불러. 들어 본 적 있지? 파파라치식 취
재는 사생활 침해 논란이 있는데도 아직까지는 많이
들 하더라고. 그리고 이런 파파라치식 취재 방법은
사실 선거를 앞둔 정치인들을 취재할 때도 흔히 쓰
이지.

 노빈손 선배, 저도 예전부터 연예인 인터뷰 기사를 한번 써
보고 싶었어요. 어떻게 안 될까요?

 고생만 그럼 우선 섭외부터 해야겠지? 유명 연예인이라면
대부분 소속사가 있을 테니까 소속사에 인터뷰가
가능한지 문의해야지. 만약 거절당하면 어떻게든 설
득을 해 보는 수밖에. 그리고 연예인 인터뷰 기사만
쓸 수 있는 건 아니야. 정치인이나 기업인에 대한 인
터뷰 기사도 쓸 수 있지. 연예인뿐 아니라 정치인이
나 기업인도 인터뷰 기사를 통해 본인을 더 알릴 수
있으니까 대체로 인터뷰에 잘 응해 주는 편이야. 하
지만 대중의 관심을 받고 싶지 않은 사람이라면 인

214

터뷰를 거절하겠지. 그런 사람을 설득해 인터뷰에 응하게 하는 건 참 어려운 일이야. 설득에 성공하면 그 기자의 능력이 증명되는 거지!

 노빈손 아, 그것도 쉽지는 않겠네요. 아무튼, 기삿거리가 정해지면 바로 취재에 들어가면 되는 거죠?

 고생만 하하! 아직 관문이 하나 더 남았어. 기삿거리를 놓고 국장이나 부장과 충분한 대화를 해야 한다고. 네가 발제한 내용이 기사로서 가치가 있는지, 있다면 어디

까지 취재해서 어느 정도의 분량으로 쓸지 등을 회
의를 통해 정해야겠지. 이렇게 기사의 내용과 방향
성이 정해지면 거기 맞춰서 취재를 시작하는 거야.
아, 근데…… 만약 나승진 부장처럼 게으른 사람이
데스크로 있으면 네가 아무리 열심히 취재해도 기사
가 빛을 못 볼 수도 있다고. 크크크!

#셋! 기사 쓰기

노빈손 앗! 역시 부장을 잘 만나는 것도 중요하겠네요. 기삿
거리 찾는 법이랑 취재나 인터뷰 하는 법은 대강 알
겠어요. 근데 문제는 기사네요. 저번에 처음으로 기
사를 써 보려는데 어떻게 써야 할지 몰라서 아주 애
를 먹었어요!

고생만 사실 기사 쓰는 데 딱히 정해진 규칙은 없어. 다만
보통 기자들이 쓰는 방식을 얘기해 본다면, 첫 문장
에는 기사 전체 내용을 압축한 내용을 넣는 경우가
많아. 예를 들어 어제 네가 말숙이랑 데이트 했다
는 기사를 쓴다면 '지난 7일, 노빈손과 말숙이가 서

울 연남동에서 만나 데이트를 즐긴 것으로 확인됐
다' 이런 식으로 시작하는 거지. 그리고 나서 구체적
으로 어느 장소에서 어떤 식으로 데이트를 즐겼는지
순서대로 써 주면 돼.

  노빈손 그럼 첫 문장이 제일 중요한 거군요.

  고생만 그럼! 우리도 기사를 볼 때 첫 문장만 보고 기사 내
용을 대강 파악하잖아?

노빈손 아, 그렇네요! 그리고 그 밖의 주의할 점은 더 없나요?

고생만 주의할 점이라……. 아! 중요한 부분을 추리는 능력
도 중요하지. 특히 종이 신문은 기사 분량이 정해져
있기 때문에 취재한 모든 내용을 쓸 수는 없고, 중요
한 부분만 골라서 써야 하거든. 또 글이 너무 길면
읽는 사람들이 지루해하잖아. 독자에 대한 배려이기
도 한 거지.

 노빈손 아이고~ 이렇게 고생고생해서 기사를 쓰는데, 이왕
이면 많은 사람들이 읽어 주면 좋겠네요.

 고생만 독자의 주목을 받으려면 무엇보다 제목이 중요해.
기사 제목이 눈길을 끌면 독자는 한 글자라도 더 보
게 돼. 기사의 제목은 대개 편집부에서 정해 주지만,
취재 기자의 의사도 반영될 수 있으니까 편집 기자

217

랑 잘 이야기해 보라고. 이렇게 기사 하나 쓰는데도 동료들과의 협업이 중요한 법이야. 참, 눈길을 끄는 제목이 중요하다고 해서 너무 자극적으로 쓰거나 과장해서 쓰면 안 돼. 그렇게 한다면 기사의 진실성을 깎아 먹게 되지.

NOBINSON's NEWS

기자의 세계 ❸

기자가 되려면 무얼 어떻게?

#무얼 공부하면 되지?

 노빈손 저는 어쩌다 보니 덜컥 인턴에 붙긴 했지만, 사실 기자가 되기 위해서 어떤 준비를 해야 하는지 전혀 몰라요.

 고생만 빈손, 너는 정말 운이 좋았다! 크크. 기자는 많은 사람을 만나면서 세상 돌아가는 일을 보고 듣고 전하는 사람이잖아. 그러니 여러 사람을 만나고 얘기를 주고받으며 논리적으로 사고하는 경험을 쌓으면 물론 도움이 되겠지. 그렇지만 특별한 경우가 아니라면 어렸을 때 했던 활동이 기자가 되는 데에 딱히 큰 영향을 미치지는 않아. 그러니 뒤늦게 기자를 꿈꾸는 동생들이 있다면, 걱정 말고 도전해 보라고 권해도 좋아. 그리고 무엇보다도, 학생의 본분인 공부를 열심히 해 두는 게 가장 중요하지 않을까?

노빈손 공부 말고도 뭐든 미리미리 준비하면 좋잖아요. 공부만 하면 지루하단 말이에요. 다른 건 뭐 없나요?

고생만 빈손, 언론사에서도 성실한 사람을 좋아하지 않겠어? 학교 성적만큼 성실함을 증명할 수 있는 것도 별로 없어. 하지만 네 말대로, 사람이 하루 종일 공

부만 할 수는 없지. 그럴 때는 정치나 경제 같은 사회 이슈에 관심을 갖고 기사들을 보면 돼. 처음에는 어려운 얘기들 투성이겠지만, 계속 관심 갖고 보다 보면 재밌어지는 날이 올 거야.

 노빈손 대학 전공도 중요하지 않나요? 기자를 꿈꾸는 학생이라면 전공 선택도 신중해야 할 것 같아요. 저처럼 TV나 실컷 볼 줄 알고 미디어커뮤니케이션학과 강의를 들으러 가지 말고요.

 고생만 하하하! 맞아, 기자를 꿈꾸는 학생이라면 대개 언론 계열 학과나 국어국문학과, 문예창작학과를 많이 선택하지. 언론에 대한 공부를 하거나 글 쓰는 방법을 익혀 두면 아무래도 좀 더 도움이 되기는 해. 하지만 어떤 전공을 택하든 기자가 되는 데 큰 제약은 없어. 오히려 언론사들에서 언론 계열 학과 출신 말고 다른 전공을 우대하는 경향까지 있어.

 노빈손 다른 전공을 우대한다고요? 기자가 되려면 신방과나 국문과 같은 데를 나와야 유리한 거 아니었어요?

 고생만 다시 말하지만, 기자는 글만 쓰는 직업이 아니야. 사람을 많이 만나 정보를 얻는 게 더 중요하다고. 그리고 좋은 기사를 쓰기 위해서는 배경지식이 필수

221

로 있어야 해. 예를 들어 정보 통신 기술에 관한 기사를 쓸 때는 공대 출신 기자가 유리하고, 연예 관련 기사를 쓸 때는 연극영화학과 출신이 활약하곤 하지. 내 동료 기자들도 언론 계열 학과 출신보다 다른 분야를 전공한 사람이 더 많을 정도니까.

 노빈손 문과 출신이 이과 출신보다 글쓰기 능력이 나을 것 같은데, 아닌가 보죠? 글을 제대로 못 쓰면 나승진 부장 같은 상사한테 혼날까 봐 무섭기도 하네요.

 고생만 누구든 처음부터 글을 잘 쓸 수는 없지. 그렇지만 몇 달 연습하다 보면 누구나 기사를 쓸 정도의 글쓰기 실력은 갖출 수 있어. 풍부한 상상력을 가지고 쓰는 글이라면 모를까, 있는 사실을 적는 글이니까 조금만 연습하면 어렵지 않게 할 수 있을 거야. 조심스러운 이야기지만, 신방과나 국문과 나왔다고 해서 남들보다 기사를 더 잘 쓰는 것도 아니더라고.

 노빈손 그래도 언론 계열 학과에는 기자를 지망하는 친구들이 많이 있을 테니까 언론사 입사 정보를 얻는 데에 더 도움이 되지 않을까요?

 고생만 아무래도 그런 면이 조금은 있지. 하지만 지금은 인터넷 시대잖아. 대학교 밖에서도 정보는 어렵지 않게 얻을 수 있어. 기자를 지망하는 대학생들의 온라인 커뮤니티에 들어가 보면 각 언론사에 대한 정보나 채용 일정 등을 상세히 알 수 있지.

#언론사 취업에 도전!

노빈손 하긴, 인터넷 채용 사이트만 봐도 꽤 많은 정보가 있더라고요. 그럼 언론사 기자 취직에 성공하려면 어떤 걸 준비해야 할까요?

고생만 언론사도 회사잖아. 일반 회사에 취직하는 것처럼 서류 심사, 필기시험, 면접 등의 과정을 거치지. 방송사 기자라면 카메라 테스트도 받아야 하고. 언론사마다 조금씩 차이는 있겠지만, 대부분 이런 과정으로 진행될 거야. 서류 심사에 합격하려면 다른 기업들처럼 외국어 점수 같은 기본적인 스펙이 있으면 더 좋고. 자기소개서는 당연히 열심히 써야겠지. 자기소개서 쓰는 방법을 물어보는 친구들이 있는데, 그거야말로 보는 사람마다 기준이 다르기 때문에 뭐라고 말하기는 어려워.

223

노빈손 저는 필기시험이 제일 어려울 것 같아요. 학교에서도 시험을 잘 본 적이 없어서······.

고생만 아니, 넌 대체 인턴 시험에 어떻게 붙은 거야? 크크크! 언론사 필기시험은 대부분 상식 시험과 논술 시험을 포함하지. 학교 시험 때처럼 봐야 할 교과서가 있는 게 아니고 범위도 정해진 게 없어서 막막하게 느껴질 수 있는데, 평소 신문을 많이 읽어 두면 도움이 돼. 주로 최근 이슈들 중에서 시험 문제가 나오기 때문이지. 신문 보다가 모르는 내용이나 용어가 있으면 외워 두면 더욱 좋고. 인터넷에 언론사 시험

NEWS · NOBINSON's NEWS · NOBINSON's NEWS
NEWS
NEWS
NEWS
NEWS
NEWS
NEWS
NEWS
NEWS

기출 문제가 돌아다니기도 하니까 그런 것도 꼼꼼히 들여다보면 참고가 될 거야.

 노빈손 아아~ 상식 시험에다가 논술 시험까지! 대체 어디서부터 시작해야 할지…….

 고생만 아까도 말했지만 신문을 많이 읽어 두는 게 좋아. 꼭 그런 건 아니지만, 사회적으로 큰 이슈가 된 사건에 대해 의견을 쓰라는 문제가 자주 나와. 자기 견해를 논리적으로 드러내려면 그 이슈에 대해 잘 알아야만 가능하겠지? 그리고 평소 신문을 읽으면서, 이러이러한 이슈에 대해 내 견해는 어떤지 생각해 보는 것도 도움이 되지.

 노빈손 역시 신문을 많이 읽어야만 기자가 될 수 있는 거군요. 그런데 아무리 좋은 견해를 내놔도 글을 못 쓰면 논술 시험에서 떨어지지 않을까요?

 고생만 그런 걱정을 하는 친구들이 많아. 그럴 때는 친구들과 스터디 그룹을 꾸리는 것도 좋은 방법이야. 각자의 글을 다 같이 읽어 보면서 잘 읽히지 않는 부분이나 논리 전개가 이상한 부분을 서로 지적해 주는 거지. 내가 쓴 글은 어디가 잘못됐는지 잘 보이지 않거든. 기자 지망생들의 온라인 커뮤니티 같은 데 보

225

면 스터디 그룹 멤버를 찾는 사람들이 많으니까 그런 델 잘 들여다보면 좋아.

 노빈손 저처럼 인턴 기자를 하면 나중에 기자가 되는 데 도움이 될까요?

 고생만 당연히 도움이 되지. 조금이나마 기자 생활을 경험해 보게 되잖아. 서류 심사 때도 인턴 경험이 없는 것보다는 있는 게 낫지 않겠어? 다만, 인턴 기자랍시고 뽑아 놓고서는 취재와는 무관한 쓸데없는 일만 시키는 이상한 언론사도 간혹 있으니까 잘 알아보고 가야 해. 인터넷에 올라오는 글들을 베끼는 일만 시키는 곳도 있다니까.

226

NOBINSON's　NEWS

기자의 세계 ❹

기자와 언론의 미래는?

#인터넷 기사 vs. 종이 신문

 노빈손 선배, 제가 신문을 보면서 느낀 건데요. 사실 제 주
변에 종이로 된 신문을 보는 친구들은 거의 없거든
요. 온라인과 모바일 기술이 발달한 이 시대에 굳이
종이 신문을 만들 필요가 있을까요?

고생만 종이 신문을 구독하는 사람이 많이 줄어든 건 사실
이지. 그렇다고 종이 신문의 가치가 없어진 건 아니
야. 어떤 기사를 1면에 배치하고, 어떤 기사를 얼마
나 중요하게 다뤘는지는 종이 신문 지면을 봐야 제
대로 알 수 있지. 또 큰 사건이 벌어지면 같은 주제

227

로 여러 기사를 쓰게 되는데, 종이 신문은 여러 지
면에 연달아 관련 기사를 집중해서 실을 수 있지만
온라인에서는 그렇게 하기가 쉽지 않지.

노빈손 언론사 홈페이지에 들어가면 가장 상단에 크게 기사
가 있잖아요. 그게 중요한 뉴스라는 뜻 같은데…….
온라인으로도 충분히 중요한 기사를 표현할 수 있
지 않을까요?

고생만 물론 중요한 기사라고 강조할 수는 있지. 그렇지만
온라인은 그때그때 중요한 뉴스를 실시간으로 상단
에 올리는 반면, 종이 신문은 그날의 주요 기사들을
종합해서 1면에 올린다는 차이가 있어. 온라인은 속
보가 중요하기 때문에 어쩔 수 없지. 그리고 어떤 언
론사들은 기사 조회 수를 늘리기 위해 일부러 자극
적인 제목을 달기도 한다고. 온라인 기사는 제목을
클릭해서 기사를 열어 보기 전까지는 내용을 제대
로 알기 어렵잖아. 반면에 종이 신문은 제목 아래 바
로 기사가 달려 있으니 제목으로 지나치게 시선을
끌 필요도 없고.

노빈손 그렇다면 실시간 뉴스를 보고 싶으면 온라인을 활용
하고, 그날의 종합 뉴스를 보고 싶으면 종이 신문을

228

보면 되겠네요.

 그렇게 딱 잘라 말할 수는 없겠지만, 어느 정도 맞는 말이야. 그리고 이런 점들도 잊지 마. 온라인에는 짧은 시간 동안 많은 기사가 쏟아져 나오다 보니, 좋은 기사들이 아쉽게도 다른 기사에 묻혀 주목받지 못하는 경우가 잦지. 반면에 종이 신문을 찬찬히 정독하면 온라인에서 지나치기 십상인, 깊이 있고 의미 있고 재밌는 기사가 많이 보일 거야.

 그럼 종이 신문을 보는 게 좀 더 제대로 뉴스를 접하는 방법이겠네요?

 아니야, 그렇게 이분법적으로 생각해선 안 돼. 온라인 뉴스에도 분명한 장점이 있다고. 예를 들어 온라인 뉴스는 종이 신문에는 담을 수 없는 동영상과 많은 사진 자료를 실을 수 있잖아? 종이 신문에서 글로 어렵사리 설명할 상황을 그런 영상 자료들로써 훨씬 생생하게 전달할 수 있지. 그러니 온라인 뉴스와 종이 신문을 아울러 잘 활용하는 게 좋을 거야.

#기자 하면 먹고살 만할까?

 노빈손 맞다, 선배! 정말 중요한 질문이 있어요. 기자가 되면 선배처럼 궁상맞게 살아야 하는 건가요? 첫 월급 타면 말숙이한테 밥도 사 줘야 하는데!

 고생만 앗, 내가 너무 없어 보였나? 나도 벌 만큼 버는데……. 크크크. 돈에

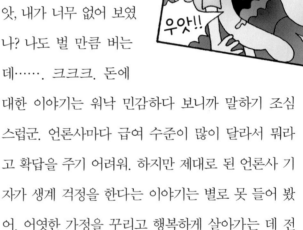

대한 이야기는 워낙 민감하다 보니까 말하기 조심스럽군. 언론사마다 급여 수준이 많이 달라서 뭐라고 확답을 주기 어려워. 하지만 제대로 된 언론사 기자가 생계 걱정을 한다는 이야기는 별로 못 들어 봤어. 어엿한 가정을 꾸리고 행복하게 살아가는 데 전혀 지장 없으니 안심하라고.

 노빈손 앗, 그건…… 돈을 아주 많이 버는 직업은 아니란 얘기로 들리네요? 크크크. 그럼 선배, 기자는 뭐에

230

서 만족을 느껴야 해요?

고생만 엇, 그런 얘기는 아냐. 하하하! 중요한 건, 기자는 부자가 되기 위한 직업이 아니라는 거야. 앞서 말했듯이 사람들에게 중요한 소식이나 정보를 빠르고 정확하게 취재해 알려 주고, 잘못된 일들을 고발하여 우리 사회가 정의로워지는 데 도움을 주는 게 기자의 역할이지. 세상을 향한 더듬이를 내민 채 항상 긴장하며 지내야 하는 직업이지만, 자신의 취재와 보도를 통해 세상이 정의를 향해 한 뼘 더 나아가는 모습을 볼 때면 그 만족감과 성취감은 이루 말할 수 없다니까!

노빈손 우아~ 그냥 일하고 돈 버는 게 아니라 사회에 좋은 영향을 끼칠 수 있는 직업이라니, 정말 기자가 되고 싶네요. 사실 저도 부자가 되려고 기자를 하려는 건 아니었어요. 저 말고도 많은 친구들이 이런 기자의 보람을 알아 두면 좋겠네요.

고생만 오~ 빈손, 제법인데? 앞으로 언론의 환경이 어떻게 변할지는 정확히 알 수 없지만 언론이라는 영역, 그리고 기자라는 직업이 사라질 일은 없어. 정보에 대한 수요가 늘면 늘었지, 줄지는 않을 거거든. 그러니

까 걱정하지 말고 오늘도 열심히 발제하고 기사를
써 보자고.

 노빈손 네, 선배. 역시 우리가 좋은 기사를 써야 언론의 미
래도 밝아지겠죠? 좋아요, 오늘도 특종을 한번 노려
보겠습니다!

 고생만 어이, 노빈손! 특종 특종 하지 말라니까~ 하하하!

232